NÅGOT HAR HÄNT

av

Jan Glantz

Tidigare utgåvor av Jan Glantz:

2014 Någon känner någon

2015 Något att sikta på

2016 Någon måste bort

2017 Någonstans att försvinna

2018 Någon måste bort

Förfäders svett https://forfaderssvett.blogaaja.fi/

Omslagsbild: Ingela Glantz

(c) 2018   Jan Glantz

Förlag: BoD – Books on Demand, Helsingfors, Finland

Tillverkare: BoD – Books on Demand, Norderstedt, Tyskland

ISBN: 9789528002444

1

Detta har hänt:

Efter att ha varit arbetslös en tid, skickade mina barndomskamrater Hubertus och Peter mig från min nya hemstad Helsingfors till vårt barndoms Fiskars för att reda ut ett konstigt dödsfall. Det visade sig att Hubertus hade en baktanke med att locka mig till att bli en privatdetektiv och jag kände mig utnyttjad. Hubertus hemgård Lillböle nära Fiskars, samt gårdens disponent Alvar Nordsund och hans son Axel Nordsund var i nyckelposition under utredningarna.

Trots den sura eftersmaken fortsatte jag med små uppdrag i min hembygd Västnyland, speciellt efter att pappa hade dött och mamma blivit änka i Ekenäs. Lillgård blev åter i blickfånget, då jag överraskande nog fick ärva en ansenlig summa pengar efter Hubertus mamma.

Mina uppdrag var psykiskt tunga och jag började gå i terapi. I samband med det träffade jag min flickvän Anna Tschäder från Ingå, men vårt förhållande bröts efter åter ett fall av utnyttjande. Mamma och Alvar Nordsund blev däremot ett par.

Under de senaste fem åren har alltså min arbetslöshet fortsatt, men jag blev trots det finansiellt oberoende. Jag hittade och förlorade en flickvän. Inga farliga uppdrag gjorde längre min tillvaro osäker, och livet fortskred i lugn takt. I min hemstad Helsingfors, dit jag flyttat från min barndoms hemtrakt, Västnyland.

PROLOG

Ondskan ruvade djupt innanför. Den fanns där någonstans inuti och alla kämpade för att behålla den där, tyglad och fjättrad så att den inte utgjorde någon fara för någon.

Emellanåt gled den dock fram och visade sin närvaro. Den flöt upp likt något oväntat ur havets djup. Alla kände inte igen den med en gång, men förr eller senare blev den uppenbar. Vid det laget var alla inblandade ense om att den måste fördrivas tillbaka till djupet, där den hölls hemma.

Ondskan visade sig som ett elakt ord, en ohållbar handling eller rentav som ett brott. Den ondskefulla handlingen kunde vara omedveten eller avsiktlig, spontan eller planerad. Dess följder kunde vara långtgående eller lätta att rätta till.

Alla ville i varje fall hjälpa till med att bekämpa ondskan. Även jag. Även om jag inte alltid kände igen den. Även om det inte alltid var särskilt lätt att skilja på vad som var rätt och vad som var fel.

När jag blev privatdetektiv, var min avsikt att identifiera ondskan och ställa den till svars. När jag lärde känna mig själv, fick jag styrka att tygla mina egna dåliga sidor. När jag unnade mig att slappna av, var det betydligt lättare att hålla ondskan på avstånd. När allt inte var antingen svart eller vitt längre, blev min vardag härligt grå. Men vad skedde sedan? Något hände.

KAPITEL 1

Torsdag

"Detta har hänt", sade jag med en teatralisk röst, och lät en utdragen paus följa. Jag ville att hennes intresse skulle växa innan jag lät historien fortsätta.

"Det var en gång...", svarade hon lika dramatiskt och jag dämpade ett spontant skratt till ett grymtande.

Det var en av orsakerna till att jag gillade henne. Hon hade alltid ett stimulerande svar och det tydde på att hon var intresserad av vad jag än hade att säga. Våra tankar och vår humor synkroniserade på ett behagligt sätt och jag njöt av hennes sällskap.

Men vi var inte ett par. Vi var enbart två ensamma varelser som njöt av varandras samvaro. Det hade visat sig vara fungerande, och ingendera hade tagit initiativet att föra vår tillvaro till en annan nivå. I själva verket hade de senaste åren varit avkopplande och behagliga, utan att vi hade haft just de känslorna som konkreta mål.

Och det var faktiskt över ett år sedan jag senast hade lagt in en annons på de virtuella sällskapssökningssidorna. Eller svarat på någons annons. Eller begett mig på en katastrofal blindträff. Livet kändes bra utan det konsumerande sökandet.

Anna Tschäder tittade på mig lite längre än vanligt. Vi hade känt varandra så länge att vi inte behövde direkt se på varandra längre. Därför blev jag ibland perplex av att överraska henne med att betrakta mig. För hon brukade inte förläget slå undan sin blick, utan mötte mina ögon med ett leende. Det gjorde mig alltid lite osäker. På ett skönt sätt.

"Vad?" frågade jag lite nervöst och kramade om ratten.

Vindrutetorkarna svepte iväg de färskaste vattendropparna från bilens fönster och väntade några sekunder innan nästa torksvep. Bilen svävade över den våta asfalten och genom det täta novemberregnet. Någonstans långt framme, i väst dit vi var på väg, såg molntäcket ut att spricka upp.

"Det var ingenting", svarade Anna och ruvade på sig i passagerarsätet bredvid mig. "Det är bara så roligt att åka på en bilutfärd igen. Med dig."

"Tänkte just säga samma sak", ljög jag, för jag var inte van vid att säga sentimentala saker.

"Men berätta nu vad det är som har hänt", uppmanade Anna. "Jag menar, din överraskningsdestination börjar åtminstone vara rätt uppenbar."

Det var sant. Vi befann oss på väg 51 någonstans mellan Kyrkslätt och Sjundeå. Vi körde mot Västnyland, som var både Annas och min hemtrakt. Anna hade växt upp i Ingå och jag i Fiskars, men vi hade träffats för fem år sedan i Helsingfors, i samband med ett fall, som jag varit inblandad i. Som privatdetektiv hade jag flera gånger rest på uppdrag från min nuvarande hemort Helsingfors till Västnyland, och Anna såg liknande mönster i dagens rutt.

"Ja, vi är på väg till Raseborg", sade jag, och hänvisade till den stad som bildades av Ekenäs, Tenala, Karis och Pojo.

"Har du fått ett uppdrag?" frågade Anna nyfiket. "Det är ju faktiskt en tid sedan senast."

"Nej, ingen har anlitat mig, men jag är lite nyfiken på en sak."

"Och du ville ha mig med som ett förkläde?"

"Nej, det var inte min avsikt. Jag tänkte bara att det kunde vara roligt för dig också att åka ut på en bilutfärd. Så här innan jag sätter bilen i vinterförvaret."

Jag tittade ut genom bilfönstret. Höstregnet duggade fortfarande mot bil, asfalt samt färgade höstlöv och det gjorde vattenytorna härligt prickiga. En frisk vind böjde på de kala asparna vid Pickala, och jag visste att deras få återståendeblad dallrade och prasslade även om jag inte hörde dem inne i bilen. Snart skulle jordbrukslandskapet frostas ned och täckas av vinterns snö. Vid det laget skulle jag inte använda bilen längre förrän våren tinade upp allt igen.

Anna flämtade till och instinktivt tryckte min fot på bromspedalen. Mina tankar hade rubbat min vaksamhet och säkerhetsavståndet hade blivit på tok för kort. Bilen framför oss hade bromsat in och körde med snigelfart.

"Förbannade vägkameror", fräste jag. "De finns till för att göra trafiken tryggare men istället blir den allt mera ryckig. Bilisterna saktar in radikalt när de ser en kamera och det blir risk för kedjekrockar."

"Eller så har bilisterna för korta säkerhetsavstånd", föreslog Anna
med ett leende så fort hon konstaterat att inget alarmerande hade skett.
"Något höll faktiskt på att hända!"

"Men vi hade ju också en annan orsak att åka till Västnyland",
konstaterade jag för jag ville leda in konversationen på något annat.
Jag gillade inte antydningen att jag var en dålig chaufför.

"Precis", fyllde Anna i. "Den där spännande inbjudan till ett
lyxveckoslut på Lillböle."

Kalla kårar fick mitt nackhår att resa sig. Lillböle var en herrgård i
Fiskars närhet och där hade jag nästan fått sätta livet till under ett
uppdrag för några år sedan. Redan som liten hade jag besökt
herrgården rätt ofta, för min goda vän Hubertus bodde där. Nu sköttes
fastigheten dock av det unga paret Linnea Flytmarsch och Axel
Nordsund, som jag hade träffat under ett tidigare fall.

"Enligt tidningarna har ungdomarna jobbat hårt med att piffa upp
herrgården, men aldrig hade jag trott att de skulle försöka tjäna sitt
levebröd med den." Jag tänkte fundersamt på allt som hade hänt, allt
som jag hade upplevt och hur olika västnylänningar hade vävts in i de
olika fallen. "Och nu ville de bjuda in oss som hedersgäster till något
som de har kokat ihop."

"Det skall bli spännande", sade Anna. "Även om det är fråga om
Lillböle. Och därför har vi ju packat med oss finkläderna."

"Alldeles", sade jag tankfullt och tittade i backspegeln på baksätets enorma högar. "Vi har faktiskt många dagar framför oss i Västnyland och en liten undersökning i samband med vistelsen skadar inte."

"Instämmer", sade Anna. "Så vi tillbringar mindre tid hos din mamma."

Det sista sade hon som en klichéartad, torr kommentar om svärmödrar även om jag visste att hon kom bra överens med min mamma, i vars hus vi skulle bo under de närmaste dagarna. Jag hade inte bestämt mig ännu om vi först skulle åka till vårt övernattningsställe i Ekenäs eller till brottsplatsen.

Vi körde förbi Täkter och Annas blick flackade mot vägens vänstra sida, mot Ingå. Jag visste att hon längtade efter att få träffa sin mormor. Föregående år hade mormodern varit så svag att hon hade blivit tvungen att ansöka om en plats på åldringshemmet. Tschäders hus och holme fanns kvar i Ingås skärgård men ingen bodde där för tillfället. Det verkade som om alla väntade på att något skulle hända.

"Vi åker till din mormor efter Västnylandsresan", lovade jag. "Du får träffa henne snart."

Anna log utan att titta på mig. Jag förstod. Hon hade fortfarande samvetskval över det drama, som utspelats på holmen för fyra år sedan. Hennes mormor och hon själv hade stött mig ifrån dem, och de såren hade inte blivit helt läkta ännu. Men jag trivdes med Anna och hon trivdes med mig, och det var huvudsaken. Jag ville inte klandra henne eller såra henne för det som hade skett. Men det kändes nog som om den lilla distansen mellan oss aldrig skulle bli förminskad.

Vi satt tysta en stund som om vi läkte våra sår på varsitt håll. Jag förlängde på vindrutetorkarens intervaller, för det regnade knappt längre. Även vinden höll på att mojna, för fuktiga moln började samla sig över granarnas höga toppar.

"Så du tänker inte berätta?" frågade hon gäckande och jag ryckte till. Vilken vägg ville hon nu mota mig emot?

"Vad som har hänt, menar jag...", fortsatte hon.

Jag märkte att vi närmade oss avtaget till Karis centrum och Pojo, vilket betydde att det var dags att göra mitt val. Skulle jag fortsätta längs väg 51 mot Ekenäs och mammas hus, eller skulle jag vända mot mysteriet?

Som ett spontant beslut lade jag blinken på och vände bilen mot Karis-avtaget vid Sannäs. Jag hade gjort mitt beslut. Vid Landsbro och infarten till Billnäs skulle jag fortsätta mot Pojo. Ekenäs fick vänta.

"Hmm, intressant", sade Anna med en teatralisk, gruvlig röst. "Har något hänt i Fiskars?"

"Nej", svarade jag lakoniskt.

"I Pojo då", konstaterade hon som om det inte fanns andra alternativ längre. Pojo kyrkby ligger alldeles invid vägavtaget till Fiskars bruk, där jag vuxit upp.

Jag svarade inte utan log hemlighetsfullt. Annas min blev prisvärd när vi passerade både avtaget till Fiskars och till Pojo kyrkby.

"Nämen, så tråkigt", utbrast hon. "Vi gjorde bara en omväg till Ekenäs. Vi åker längs Kungsvägen till vägen mellan Salo och Ekenäs och så är vi framme i Ekenäs en halvtimme senare än om vi hade åkt raka vägen längs åsen."

Vägen ringlade längs åkrar, vars säd hade skördats flera veckor tidigare. Skarpa strån stack upp på de våta, mörka höståkrarna och jag tänkte på en skräckfilm, där offren tvingats springa på de vassa stråna barfota. Vi körde förbi ett trädgårdsföretag och jag kunde konstatera att säsongen började vara slut. Äppelträden hade plockats fria från sina tyngande frukter och bärbuskarna hade till och med fällt sina blad redan. Det kändes som om naturen bara väntade på att dödsstöten skulle komma, den oundvikliga vintern.

Vid sidan av vägen skymtade en gammal gårdsbyggnad, som jag visste att hade upplevt en renässans som en flyktingförläggning. Nyfiket sneglade jag mot gården ifall jag skulle människor med exotiskt utseende. Ingen syntes till och jag antog att de vistades inomhus i skydd från världens faror. Och Finlands väder.

Trots att vägen var full av kurvor kostade jag på mig att snegla mot Anna. Jag var inte helt övertygad om att hennes kommentar hade varit menad med humor, eller om hon var irriterad över avstickaren.

"Jag kunde ha lämnat dig i Karis, varifrån du kunde ha tagit tåget eller bussen direkt till Ekenäs."

Innerst inne visste jag att mina ord borde ha lämnats osagda. Jag borde inte ställa henne mot väggen och våra diskussioner borde inte spetsas till så lätt som vi brukade få dem att göra. Det var dock fördelen i vårt förhållande. Vi var fria och lediga utan formella kopplingar. Om man inte ville delta i den andras planer, kunde man lätt låta bli. Vi måste inte representera varandra om vi inte ville det. Jag visste att det var en svår tanke i Västnyland, där man var van vid att par förkunnade sina förhållanden som förlovningar eller äktenskap. Vårt arrangemang var dock inte alltid så lätt som det lät.

Anna suckade och jag bad om ursäkt över mitt uttalande. Anna Tschäder var över ett decennium yngre än vad jag var, och det var inget mirakel att hon såg världen annorlunda än vad jag gjorde. Nu när jag närmade mig 50-årsstrecket var det skönt att se många olika nyanser i sanningarna, men Anna såg mycket antingen svart eller vitt. Även då det gällde hur ett förhållande klassificerades.

"Ibland känns det som om du aldrig kommer att förlåta mig", sade hon olyckligt.

Hon hänvisade naturligtvis till den galna episoden för fyra år sedan, varmed jag promenerade ut från vårt parförhållande. Jag hade inte kallat henne för min flickvän sedan dess. Till min stora förvåning hade hon trots det stannat i mitt liv och hon hade accepterat vårt icke-förhållande som en behaglig samvaro. Hon hade nöjt sig med de smulor som jag hade gett henne och vi hade verkligen njutit av bekymmerslösa fyra år. Vi hade grälat och njutit som om vi vore i ett parförhållande. Ibland bubblade hennes osäkerhet upp och då var vårt arrangemang alltid i skottlinjen.

"Vet du vad, Anna", sade jag uppriktigt. "Jag har förlåtit dig. Vi kan lämna det du gjorde bakom oss, men det ändrar inte på saken. Vi måste fortsättningsvis ha möjligheten att vara enskilda individer, inte ett konstgjort par."

"Jag vet", svarade hon, "... och jag håller med. Vi är två ensamma själar som hittar kvalitetstid tillsammans. Men lova mig en sak, Jonas Österfelt!"

"Vad då?" frågade jag samtidigt som jag körde ut på väg 52 mot Ekenäs.

"Att det fall som du tänker ge dig in på, inte är farligt."

"Jag tror inte att det är det", sade jag fundersamt även om det var ett löfte som jag inte hade någon aning om. Jag visste faktiskt ingenting om det fall som attraherade mig.

Samtidigt fick jag en skrämmande tanke. Var jag självisk som släpade Anna med till brottsplatsen? Fanns det en risk för att jag rentav ställde henne inför en farosituation? Nå, Anna skulle säkert göra beslutet om sin egen trygghet så fort hon bekantat sig med det som jag tänkte ställa henne inför.

I samma ögonblick överraskade jag henne med att svänga av från Ekenäs-vägen till höger.

"Tenala?" utbrast Anna. "Skall vi till Tenala?"

Jag log hemlighetsfullt och vände mot kyrkbyns centrum. En bensinmack hade marknadsfört sin existens och bilens bensinmätare visade att en påtår förväntades.

"Du sköter bra om din pappas gamla bil", konstaterade Anna när vi stannade bredvid bensinpumpen.

Utan att svara gick jag ut och tankade. När pappa hade avlidit för fem år sedan, ansåg mamma att jag behövde bilen mera än hon och jag hade haft den sedan dess. Och jag hade skött den väl.

"Sköter du kanske lika väl om människans näringsbehov?" frågade Anna när jag kom tillbaka in i bilen. Hon tittade trånande mot skylten till ett grillställe, som var anslutet till bensinstationen.

Verkligen. Hon hade rätt. Det kurrade faktiskt i magen och det skulle ta timmar innan mamma skulle bjuda oss på middag. Jag körde bilen till en parkeringsruta och vi gick in för att tanka oss själva.

En stund senare satt vi vid ett bord med en varsin hamburgare framför oss.

"Gud vad gott", utbrast Anna. "Det märks att vi inte är i en av de där kedjehamburgerbarerna. De har säkert gjort själva allt här istället för att bara steka halvfabrikat."

"Det stämmer", mumsade jag. "Det finns inte många ställen som detta kvar i landet. Men hamburgerkedjorna är inte fy skam heller. I själva verket äter jag gärna i en av dem en gång om månaden."

"Jag förstår vad du menar", sade Anna entusiastiskt. "När jag var liten åt vi alltid hemmalagad mat. Det är nuförtiden en lyx, som få har tid med. Men på den tiden var det en sällsynt lyx för en liten flicka som jag att få åka till staden. Och då åt vi alltid ute, på en hamburgerrestaurang. Det var härligt."

"Alldeles", instämde jag, nöjd över att Anna hade sidor som fick henne att verka lika stenålders som jag själv. "Kan du tänka dig, när jag åkte med mina föräldrar till staden, åt vi knackkorv med fransk potatis på matställen som kallades för barer, inte restauranger."

"Men knackkorv och fransk potatis är väl inte exotiskt?" påpekade flickan och drog mig tillbaka ner på jorden igen.

"När jag var liten, fanns det inte fransk potatis till salu i butikerna. Man fick dem endast i barer eller i restauranger. Fransk potatis var faktiskt höjden av exotik."

Anna tittade mållöst på mig och slickade lite majonnäs från mungipan.

"Det fanns inga pizzerior heller och ingen företagare hade ännu tänkt på att köra hem pizzor."

"Jag antar att Fiskars ännu idag är så långt från den närmaste pizzerian att de inte transporterar pizzan hem även om någon skulle beställa."

"Jag vet faktiskt inte", sade jag och tänkte på hur en pizzeria eller en kebabrestaurang skulle passa in i den gamla bruksmiljön.

"Även om jag fortfarande är barnsligt förtjust i snabbmat, föredrar jag nog husmanskost", konstaterade Anna. "Vi kan båda vara nöjda över att det inte fanns snabbmat i våra hemtrakter när vi var små. Vi lärde oss att laga mat och äta hemma, vilket är betydligt nyttigare än att äta ute hela tiden."

"Sant", sade jag och steg upp. Vi nickade tacksamt mot den unga flickan som stekte hamburgarbiffar åt nästa kund över en kokhet stekplatta.

"Jag har faktiskt aldrig varit i Tenala", sade Anna och tittade omkring sig. "Det är väl här som vi skall tillbringa de närmaste timmarna?"

"Nja, inte direkt", sade jag hemlighetsfullt när vi var på vägen igen. Till Annas förvåning fortsatte vi västerut.

"Det ser ut precis som hemma hos mig i Ingå", sade hon och nickade mot den gamla gråstenskyrkan, som faktiskt liknade både Pojos, Ingås och Karis kyrkor. "Även om Ingå är i andra ändan av Västnyland."

"Vi är på väg till Bromarf", avslöjade jag och körde längs den smala, ringlande vägen bort från Tenalas centrum.

Anna gapade av överraskning. Hon såg ut som om vi gjorde något så exotiskt som en utlandsresa även om vi befann oss i samma utbredda Raseborg som hela Västnyland utgjorde. Jag hade bekantat mig noggrant med karttjänsten på Internet för att få klart för mig vart jag var på väg. Det var 40 år sedan jag följt med mina föräldrar på en bilutfärd till Bromarf och Padva. Jag mindes ingenting annat av utflykten än de branta, ringlande vägarna, som fått mig att tjuta av skratt. Det hade varit mera spännande än en utflykt till Borgbackens karuseller. Ännu roligare var det när min tonåriga storasyster Gitta försökt måla sina läppar i kurvorna med dåligt resultat.

Minnena fick mig att köra lite för fort i kurvorna och Anna muttrade något i passagerarsätet. Jag försökte minnas hurudan bil pappa hade haft under utflykten för 40 år sedan. Hade det varit en blå bil? Eller var den grön? I varje fall hade det inte varit den mörkgröna Nissan, som jag körde nu. Den bil som blivit pappas sista. Innan han dog för fem år sedan.

Lövträdens stammar blev tjockare och det färggranna lövverket allt frodigare. Vi närmade oss gamla trakter och det kändes nästan som infarten till min barndoms Fiskars bruk. En liten vägskylt berättade dock att det var en välmående lantgård vid namn Lindö. Havets närhet till jordbruket började snart avslöjas. Vattendragen turades om att breda ut sig på vägens båda sidor.

Havets närhet måste ha fått Anna att känna sig hemmastadd. Hon var tyst men hennes stora ögon och nästan osynliga leende avslöjade att hon njöt av fulla muggar. Tenala och Bromarf påminde verkligen om hennes barndoms trakter i Ingå. Vi körde förbi vägskyltar såsom Kivitok och Revbacka och så var vi framme i Bromarf.

Den lilla tätortens kyrka dominerade det lilla markområde som bildade kyrkbyn. Byn såg ut som ett näs mellan två stora vattendrag, som jag från kartorna identifierade som Djupgårdsfjärden och Kyrkoviken. Småbåtshamnen och Furutorps simstrand bredde ut sig på vår högra sida, men jag fortsatte fortfarande framåt och lämnade tätorten bakom mig.

Anna tittade frågande på mig. Hade vi fortfarande inte nått målet? Hennes blick avslöjade förvåning över att vägen överhuvudtaget kunde fortsätta ännu längre ut i skärgården. Ett vägskäl pekade mot Rilax, och namnet klingade bekant från södra Finlands historia och militärslag i skärgården. Men vi åkte inte dit heller, utan mot Padva.

"Berätta nu!" tjöt min vackra följeslagare teatraliskt otåligt.

Jag tittade mot höger, mot yttre skärgården och det glittrande havet, som skymtade mellan trädstammarna. Vid en längre raka vågade jag sakta in och jag parkerade bilen vid vägrenen. Anna tittade frågande mot den skogbeklädda sluttningen som verkade mynna ut i en strandremsa. Innan jag öppnade bildörren försökte jag förklara situationen så kort som möjligt.

"För två veckor sedan flöt lämningarna av en människokropp upp på stranden någonstans där nere. Skelettet var delvis i en säck och det verkar som om liket hade sänkts till havets botten för ungefär 20 år sedan någonstans i närheten. Jag har följt med utredningens förlopp i lokaltidningen och fallet fascinerar mig."

"Varför det?" frågade Anna intresserat.

"Det verkar som om den döde var en ung man, som inte har kunnat identifieras ännu. Men ingen ung man från den tiden och dessa trakter har rapporterats försvunnen. Det är något som inte stämmer."

"Men ändå är det något som har hänt."

KAPITEL 2

Vi hittade en smal stig, som tycktes gå från vägen mot stranden. Vått blåbärsris smetade mot våra byxor, men eftersom blåbären var plockade för länge sedan, blev det inga fläckar på våra kläder. Jag tittade förläget omkring mig, ifall någon kom springande emot oss. Det hade inte framgått från kartan om området var privat eller om stranden var allmän. Stigen var dock väl upptrampad och jag antog att nyfikna lokala hade sökt efter platsen, där liket flutit i land.

Stranden var ingen idyllisk sandstrand gjord för sommarbadare. Det var otänkbart att vi skulle ta oss en simtur i det kalla vattnet så här sent under hösten. Hög vass lugnade vågorna och vattnet kluckade rofyllt mot småsten och strandvegetation, som var fylld av trädrötter.

Min blick följde kustremsan mot Bromarfs centrum. Enligt kartan befann vi oss någonstans nära Västerviken och man såg ända till Näseudden. Mellan oss och Näseudden fanns också Lillholmen och Lillviken, men något sade mig att kroppens fyndplats inte var åt det hållet. Jag började gå längs stranden åt andra hållet och nickade åt Anna att följa efter.

En kall vindpust fick popplarna att skaka av sig ett moln av löv och de dalade ner mot den iskalla vattenytan. De såg ut att cirkla omkring på ett förvirrat sätt på vattnet och jag undrade hur länge det skulle ta innan de var tillräckligt tunga för att sjunka mot botten. Jag rös över tanken på en stor, tung säck, som sakta dalade mot havets botten.

"Tidningarna fick också nys om att säcken även innehöll resterna av en kostym", poängterade jag. "Pojken var tydligen klädd i finkläder, när han blev dödad."

"Bättre än att dö i billig lump", fnittrade Anna.

"Eller naken i en säck", tillade jag torrt.

"Om pojken var frivilligt på stranden och om han alltså mördades här, måste det ha varit en varm dag på våren eller sommaren", konstaterade Anna när hon drog höstkappan närmare sin kropp. "Om han alltså inte var klädd i ytterrock."

"Jag tror också att det ligger något i det du säger", sade jag.

Plötsligt bröts den vildvuxna stranden upp av färska maskinspår. Vi såg att en caterpillar hade kört genom skogen och spåren av en sorts bandvagn fanns kvar i vattenbrynet. Vi följde spåren framåt, för jag var övertygad om att maskinen hade varit någon sorts grävmaskin. Jag gissade att brottsutredarna hade velat gräva i området, där liket hade hittats.

"Vem äger de här markerna?" frågade Anna.

"Jag vet faktiskt inte", sade jag ärligt. "Det är en salig blandning av statsmark, stadens mark och privata ägare. Men den strandremsa, där kroppen hittades, är privatägd sedan decennier. Ägaren har varit ett oskiftat arvsbo, som inte blev realiserat förrän nyligen. Hela området var i dåligt, illa skött skick och nu är ägaren plötsligt orolig över hur kroppsfyndet kommer att påverka strandens värde."

"Ägaren har alltså inget med liket att göra?"

"Det verkar så."

Plötsligt såg vi rörelser framför oss och det var uppenbart att även någon annan än vi undersökte stranden. Ett infall ville tvinga mig att gå tillbaka, för Anna och jag var ju faktiskt inkräktare. Men hur visste vi att främlingen inte var lika mycket inkräktare som vi var? Det var för sent. Gestalten långt framför oss vinkade oss närmare.

En lång, skäggig polisman kom gående mot oss och jag kände mig illa till mods. Som om jag gjorde något olovligt. Polisen såg varken kraftfull eller auktoritär ut, utan snarare hopsjunken som om han bar på all världens ondska. Eller som om han närmade sig pensionsåldern.

"Nämen, är det...?" utbrast Anna. Och jag insåg det först när han stod rakt framför oss.

"Stefan Rundberg!" flämtade jag, mindre överraskad över att se en polisman på en brottsplats än att stöta på just den enda polisman, som jag kände från tidigare.

"Jonas Österfelt", svarade Stefan igenkännande, men tillade "Anna" utan hennes släktnamn.

"Men hur?" Jag såg säkert ut som ett stort frågetecken. "Men vad har hänt med dig?"

"Vad menar du?" frågade Stefan med en misstänksam röst.

"Du har förändrats otroligt mycket på fyra år. Ditt skägg, din hållning..."

"Åldern kommer inte ensam", försvarade sig Stefan. "Och jag har inte någon ung flicka, som gör mig yngre."

Han blinkade mot Anna, som log tillbaka.

Stefan Rundberg hade hjälpt mig under mina tidigare undersökningar i Västnyland. Och kanske hade även jag hjälpt honom lite. Han hade fått massvis av ära och berömmelse när det stora knarkfallet reddes ut i trakten, men även mitt namn hade nämnts. Visst hade jag fått några detektivuppdrag, men man kan nog inte säga att jag skulle ha tjänat mitt levebröd genom att vara en privatdetektiv.

Stefan var några år yngre än jag, men han hade åldrats så snabbt att han snarare verkade vara några år äldre än vad jag var. Hans ålder var dock obefintlig. Det var dags att komma över chocken att se honom nu fyra år senare. Han kunde vara rätt barsk och han skrattade aldrig, men han hade en torr humor som jag hade lärt mig att gilla. Och han hade faktiskt hjälpt mig mera än vad som förväntades av polisen, när privatdetektiver dök upp för att utföra polisens jobb.

"Naturligtvis", fortsatte jag. "Jag visste att du är stationerad i Ekenäs, så naturligtvis hör även Bromarf och Tenala till ditt verksamhetsområde. Och du undersöker förstås fallet med den uppspolade kroppen."

"Ja. Men vad gör ni här?" frågade Stefan lite vasst. "Har någon anställt dig Jonas för att undersöka fallet?"

"Nej", svarade jag uppriktigt. "Men fallet började fascinera mig. Jag tänkte komma till ort och ställe för att låta idéer och teorier samlas i mig."

"Jag vet faktiskt inte om det är helt rätt", sade Stefan tveksamt. "I princip är du i samma position som alla de andra nyfikna, som vi bör jaga bort från händelseplatsen. Men kanske jag kunde låta er stanna en stund. För gamla minnens skull."

"Tack", sade Anna uppriktigt. "Så får Jonas lugn och ro efter det. Och vi kan fortsätta med att fira några dagar med kvalitetstid i Ekenäs och Fiskars."

"Okay då", sade Stefan. Han tittade förbryllat på oss och jag förstod att jag inte hade berättat åt honom om Annas och mitt förhållande. Eller icke-förhållande. Eller om händelserna för fyra år sedan. Senast jag hade träffat Stefan var för över fyra år sedan, då jag letade efter Anna som hade försvunnit.

Vi gick mot ett stort tält, som tydligen hade rests över just den plats av stranden, där kroppen hade hittats. Jag kikade in i tältet, men såg bara en liten spade, några skyfflar, penslar och en slev. Kroppen hade tydligen redan forslats till något laboratorium för tester och röntgen och gudvetvad.

"Säcken som skelettet var i", började jag, "... den intresserar mig. Den hade visst förmultnat med tiden. En del av säcken blev kvar på havsbottnen med de stenar, som skulle hindra liket från att flyta upp till ytan. Men den andra delen slets med strömmarna och vågorna så att största delen av säcken flöt iland med sitt innehåll, när den slutligen revs itu."

"Allt det där stämmer in även med våra teorier", sade Stefan med en dov röst.

"Men det måste ju betyda att liket lämpades i havet någonstans här i närheten", sade Anna ivrigt. "Annars skulle skelettet och säcken ha hunnit flyta isär och spridits över ett större område."

"Det stämmer också", bekräftade Stefan. "Därför satte vi in dykarna och vi hittade snabbt platsen, där resten av säcken och stenarna fanns. Den är bara några tiotal meter ut från den här platsen."

Det sista sade han med sitt finger pekande ut mot en plats bortom vassen. En bit längre bort satt en gammal man i en roddbåt och metade. Anna grimaserade, antagligen över tanken på en fisk, som inte var tillräckligt genomstekt. Och som brukade äta på främmande köttbitar i sin omgivning...

"Avslöjade säcken eller stenarna något?" frågade jag.

"Nej, ingenting. Men man börjar nog undra om det ligger något i det där om att man inte skall skräpa ner i naturen."

Anna sneglade mot mig som om hon inte var särskilt ivrig över att höra vitsigheter längre.

"Säckens material hade faktiskt brutits ned långsammare än en människokropp", sade Stefan och skrapade sig i skägget.

"Kläderna då?" frågade jag. "Är det sant att pojken hade festkläder på sig när han sänktes i havet?"

"Det verkar så", bekräftade Stefan.

"Och han var i 20-årsåldern?" frågade Anna.

"Ja."

"Då kan finkläder bara betyda skolavslutning", sade jag entusiastiskt. "Han var kanske en nybliven student, eller blivit klar från något av läroverken eller yrkesskolan."

"Han dog alltså i slutet av maj eller början av juni, i samband med skolavslutningsfestligheter."

"Det var väldigt många antaganden där", sade Stefan med ett överseende leende.

"Eller kanske det hade varit ett bröllop", tillade Anna snabbt som en slutkläm och tittade på mig.

"Har obduktionen lyckats fastställa hans ålder? Eller hur länge han har varit död?"

"Han dog för 20 år sedan som 18–20-åring", bekräftade Stefan kort.

"Om vi hade gått i samma skola, skulle han ha varit flera årskurser under mig", sade jag tankfullt.

"Varför funderar du på en sådan synvinkel?" frågade Anna förbryllat.

"Av samma orsak som jag ville se platsen där hans lämningar flöt i land", sade jag. "Genom att föreställa mig i hans ställe, hans miljö och i hans historia försöker jag förstå mera."

"Genom att gå genom ett "detta har hänt" försöker man få in trovärdiga antaganden om vad som skedde sedan", konstaterade Stefan.

"Säcken avslöjade ingenting?" frågade Anna. "Och inte kläderna heller? Inga föremål i fickorna?"

"Nej", svarade Stefan. "Men det mest intressanta är ju förstås att ingen pojke i den åldern anmäldes som spårlöst försvunnen för 20 år sedan."

"Det måste väl finnas någon som saknar honom?" frågade Anna med en sorgsen röst.

"Inte nödvändigtvis", sade jag hårt, men hänvisade inte till mina många, ensamma år. "Det är många av mina klasskompisar som jag inte har sett sedan studentdimissionen."

"Det är faktiskt sista dagen som man ser många av de klasskamrater, som man tills dess har sett dagligen under många år", sade Anna tankfullt.

"Sedan sprids vi ut över världen", fortsatte Stefan poetiskt.

"Som benen i ett skelett, som inte hålls ihop längre", fortsatte jag.

"Och vi träffas inte igen förrän någon samlar ihop oss till en klassträff."

"Det låter som om någon borde samla ihop Bromarfs ungdomar för 20 år sedan till en klassträff", sade Anna fundersamt.

"Var brukar Bromarfs ungdomar samlas när skolan slutar och sommaren börjar?" frågade jag.

"På simstranden naturligtvis", svarade Stefan otåligt.

Min blick flackade tillbaka mot Furutorps simstrand.

"Den är inte särskilt långt borta", konstaterade jag. "Borde vi dessutom anta att mördaren rodde snarare än att han åkte med en motorbåt?"

"Varför det?" frågade Anna.

"En motorbåts ljud hade fångat uppmärksamhet. Speciellt om dess motorljud släcktes för en stund så att säcken med dess innehåll stjälptes överbord. Det var en alltför stor risk att någon skulle ha sett vad som hände ute vid havsstranden."

"Men om han rodde mitt i natten, var risken betydligt mindre", sade Anna med en förstående röst.

"Och det leder till nästa antagande", sade jag med en menande blick åt Stefans håll.

"Om mördaren rodde, bodde han inte särskilt långt borta."

"Menar du alltså att mördaren var en lokal person eller att offret var Bromarf-bo?" frågade Anna förbryllat.

"Någondera, eller båda", fortsatte jag. "Det är bara så svårt att förstå att en lokal, ung man inte skulle bli anmäld som försvunnen om han inte dyker upp där han förväntas vara. Och samtidigt, om han var utsocknes, varför skulle han komma till Bromarf för att fira sin skolavslutning? Det gör man ju på sin hemort."

"Det är onekligen en svår nöt att knäcka", sade Stefan. "Men vi kan nog gott anta att en lokal koppling finns, eftersom en roddbåt är inblandad. Naturligtvis kunde det vara någon av sommargästerna, men även i så fall borde det finnas en anmälan om en försvunnen person."

"Vet vi hur han dog?" frågade jag med blicken på min polisvän. "Jag menar, det var ju inte självmord precis? Han knöt väl knappast fast en säck och sänkte sig själv i havet?"

"Precis, det var någon annan inblandad", bekräftade Stefan. "Och det var definitivt ett brott. Det fanns en fraktur på kraniet. Obduktionen visade att den var åsamkad innan han lades i havet."

Jag slöt ögonen. Mina tankar gick till ett fall för åratal sedan, då en flicka hade hittats död i Fiskars å. Även hon hade dött av ett kraftigt slag mot huvudet, men en stark misstanke var att hon hade skadat huvudet under ett fall snarare än av ett medvetet slag. Det började kännas som om allt var ett enda stort "detta har hänt" och att en del var bekant sedan tidigare. Fallet med flickan i Fiskars var dock löst.

"Någon slog ihjäl honom och sänkte honom i havet för att spola bort både spår och bevis", summerade Anna.

"Och han eller hon lyckades med det i 20 års tid", sammanfattade

Stefan karskt.

"Jag undrar ändå", mumlade Anna. "Går det inte att jämföra skelettets tänder med någon databas? Eller kroppens DNA med något? Det brukar ju verka så enkelt i tv-serierna att identifiera de döda."

"I princip har du rätt", erkände Stefan. "Hans tänder ger dock ingen träff i våra sökningar och det kan finnas flera orsaker till det. Han kan vara utlänning. Dessutom finns det många unga som aldrig besöker en tandläkare. En tredje orsak är att hans tandkort kan ha försvunnit från databaserna. Det sker nu och då."

"DNA då?" frågade jag intresserat.

"Hans DNA visar på att han har rötter i Västnyland. Och vi kan alltså gott anta att han var en lokal pojke. Men av någon orsak visar genkartan också på släktband till Tavastland."

"Inga försvunna unga män från den tiden från Tavastehus-trakten, antar jag?"

"Nej, tyvärr."

Vi lät alla fakta sjunka in, hur fel ordet än lät efter allt prat om nersänkta lik.

"Hur kommer undersökningarna att fortsätta härefter?" frågade jag av Stefan.

"Jag tar reda på vem som bodde på en kilometers radie härifrån för 20 år sedan", svarade Stefan med en arbetstyngd suck. "Polisen håller också på med det stora arbetet att reda ut vilka ungdomar i 18–21-årsåldern som bodde här för 20 år sedan. Och vad som hände med dem sedan. Men om inget matnyttigt dyker upp, måste vi lämna fallet åt sidan och koncentrera oss på den nuvarande befolkningens bekymmer. Ett av dem är att bevaka det här området och se till att inga obehöriga stör brottsplatsen, vilket faktiskt är orsaken till att jag är här idag."

"Hur är det med stränderna mittemot Kyrkviken?" frågade jag och tittade ut mot havet istället för längs stranden, där vi befann oss vid.

"Ön därborta är Pettu", sade Stefan och pekade på en holme, som stod en ansenlig bit från vår strand. "I princip kan man ro därifrån hit, men om vi tänker på unga i festkläder och nattetid så börjar det nog kännas rätt svettigt. Och fastlandet bortom Pettu är Trollshovda. Det är nog för långt borta."

"Finns det något vi kan göra?" frågade Anna och jag kände mig nöjd över att även hon hade börjat intressera sig för det fall som jag hade släpat henne till.

Min polisvän tittade på mig och Anna och han såg allt mera främmande ut i sitt skägg och i sin gamla mans hållning. Det verkade som om han vägde för sig själv om en privatdetektiv gjorde mera illa än nytta.

"Kommer ni att skicka en faktura åt mig för era tjänster" frågade han med sin torra humor, utan att röra en min.

"Nej", lovade jag med ett leende.

"Annas förslag om en klassträff lät faktiskt rätt intressant", erkände Stefan. "Ni kunde ordna ett sorts inofficiellt men offentligt minnestillfälle för lokala Bromarf-bor om hur här var för 20 år sedan. Och speciellt ur deras synvinkel, som var unga då. De kunde hämta fotografier med sig. Jag tror att det kunde vara mera effektivt än att jag intervjuar och förhör en massa lokala en i gången."

"Det låter intressant", medgav jag. "Men utmanande att arrangera med ett kort varsel."

"Det finns alltid någon som minns något, som kan vara matnyttigt utan att de ens vet om det", påpekade Anna.

"Vi skall fundera på saken", sade jag och trampade på stället som ett tecken på att vi började vara klara med vårt besök i Bromarf.

"Skall vi åka till Ekenäs nu?" frågade Anna förhoppningsfullt.

Jag nickade och sträckte ut min hand mot Stefan. Han tog den och skakade den som ett tecken på vårt välfungerande samarbete.

"Jag skall avsluta här snart", sade han. "Sedan åker även jag till Ekenäs och lämnar min rapport på polisstationen. Min bil är parkerad lite längre fram vid vägen."

Vi hade gått upp till skogsbrynet för att hitta en stig tillbaka till vägen och vår bil igen. Men jag kunde inte motstå frestelsen att avslöja den stora nyheten för Stefan.

"Vi kommer att åka till Lillböle i övermorgon, Anna och jag och mamma och flera andra."

Stefan tittade fundersamt på mig.

"Det var stora nyheter. Du har knappast varit där sedan... sedan händelsen?"

"Nej", sade jag med blicken i marken. Anna tog min hand, och jag förstod att det var lika svårt för henne.

Stefan vände blicken mot det höstkalla havet och sade:

"Vintern är snart här, men det blir knappast några snödrivor innan er utflykt dit."

Han hänvisade till det som hade hänt för fem år sedan. Det var dags att lämna de händelserna en gång för alla bakom oss. Det var något som hade hänt för länge sedan och detta var nuet.

KAPITEL 3

Fredag

Jag låg ensam i sängen och lyssnade på tystnaden. Det kändes fantastiskt att vara nästan mitt i en stad utan att spårvagnar, bilmotorer eller berusades joller höll en vaken. Mammas gästrum vid Östra Strandgatan i Ekenäs påminde lite om min barnkammare i mitt barndomshem i Fiskars. Några av mina och min syster Gittas gamla leksaker prydde en vägghylla och jag antog att de serverades åt Gittas barn Ylva och Yngve, när de kom på besök. Mollamajan och trälokomotivet ansågs säkert vara hopplöst gammalmodiga för barnen, som var vana vid datorspel och superhjältar. Mammas katt Kille hoppade upp på sängen för att göra mig sällskap. Jag jagade inte iväg katten fastän dess hår kittlade mina näsborrar.

Det var fredag morgon och både mamma och Anna hade redan gått in till Ekenäs centrum för att shoppa kläder inför morgondagens festmiddag. De hade lämnat mig lyckligt ensam. Och jag menar inte att jag skulle ha varit utled på Annas närvaro. Det var bara så skönt att ha små doser av henne i taget.

Ändå var jag väldigt lycklig över att Anna hade tagit den här dagen ledigt från sitt jobb för att åka på detta långveckoslut med mig till Raseborg. I själva verket var det inte särskilt svårt för ibland kunde hon ha många semesterdagar i rad. Hon jobbade sedan några år tillbaka som en specialsjukskötare vid ett sjukhus, och de långa dagarna med skiftesarbete kompenserades med många lediga dagar.

Jag var också nöjd över att Anna ville understöda lokala klädbutiker genom att shoppa i Ekenäs istället för i Helsingfors. Själv var jag en sämre medborgare, för jag hade köpt min nya kostym billigt från en välkänd butikskedja i huvudstaden. Och nu hade jag skapat ett svepskäl åt mig för att inte behöva gå med dem till klädbutikerna. Jag ville nämligen besöka lokaltidningens kontor.

Föregående kväll hade jag med olika sökmotorer försökt hitta nyhetsstoff från Bromarf för 20 år sedan, men informationen hade inte funnits på nätet. Arkiven publicerade inte så pass nya tidningsartiklar heller. Min nästa idé hade lett till biblioteket, men de hade varken skannade eller sparade tidningsårgångar. Så jag fick lov att gå till tidningens redaktion för att bläddra i 20 år gamla, inbundna volymer. Om jag hade varit i Helsingfors, skulle jag ha besökt det innehållsrika tidningsarkivet, som hade nyheter till och med klassificerade efter ort. Men nu skulle jag besöka lokaltidningen så fort jag hade gjort mina morgonsysslor.

Gästrummet befann sig på övre våningen, men den här morgonen skulle mamma inte ropa högt från trappans fot att maten var färdig. Annas bädd på golvet var fortfarande obäddad. Även om hon hade gått iväg med mamma så tyst som möjligt, hade jag vaknat. Men jag hade somnat på nytt.

Nere i köket väntade en liten hög med disk på mig. De odiskade sopptallrikarna påminde mig om mammas trattkantarellsoppa, som vi hade ätit föregående kväll när vi anlänt från Bromarf och Tenala. På mammas vis hade soppan varit smaksatt med smältost, persilja och rivet äpple, och den hade varit utsökt som vanligt. Kanske jag skulle överraska min värd med att diska. Mamma skulle säkert bli glad om bordet var tömt och rentorkat, när hon kom hem från sitt shoppande.

Ibland funderade jag på hur mamma orkade med sin radhuslägenhet. Den var överraskande stor och hade två våningar. Visserligen hade hon ibland hjälp av sin pojkvän Alvar Nordsund, som brukade besöka henne rätt så ofta även om de inte bodde ihop. Alvar var pensionerad disponent på Lillböle gård i Fiskars, och de hade sällskapat i fyra års tid redan. Det kändes lite konstigt att kalla honom för mammas pojkvän, för mamma var ju redan nästan 70 år och Alvar 65. Kanske det var faktumet att han var lite yngre än mamma som gjorde det lättare att kalla honom för en pojkvän.

Visst hade det varit svårt att se mamma dyka in i ett nytt förhållande redan ett år efter att pappa hade avlidit. Visst hade det känts som att en livslängd av "detta har hänt" hade förmörkats, men vad kunde man göra? På sitt avslappnande, vinnande sätt hade Alvar snabbt vunnit både min och min syster Gittas gunst. Och Alvars son Axel hade faktiskt varit oskyldigt inblandad i mitt allra första mordfall i Västnyland, så det hade inte varit särskilt svårt att lära känna Nordsundarna. Och visst var det mammas hälsa som var viktigast. Det kunde knappast ha varit min välmenande förväntning att hon skulle tyna bort som en sörjande änka efter att pappa hade dött.

Ändå hoppades jag på att mamma inte skulle få för sig att gifta sig med Alvar. I deras ålder kunde väl ett äktenskap knappast föra med sig mera njutning än att de redan hade fått ett förhållande som var accepterat av omvärlden.

Var det vad man förväntades åstadkomma i livet? Att njuta av livet? Även om många hade alla redskap till livsnjutning, valde de att ignorera dem. Det var lättare att njuta av njutningens brister än att njuta av njutningen. Även om fyra veckors semester väntade på sommaren, var det lättare att njuta av den bitterljuva klagan på hur mycket bättre vädret skulle kunna vara under ledigheten. Om mamma ville njuta av livet tillsammans med en ny man, fick hennes njutning inte förmörkas av att hennes barn kanske inte gillade det. Om hon var lycklig med Alvar, skulle inget få hindra henne från att ta vara på den lyckan.

Vad hade jag då själv åstadkommit? Mitt förhållande till Anna Tschäder var komplicerat och i själva verket hade jag promenerat ut från det för fyra år sedan. Ändå hade hon stannat i mitt liv, och visst hade hon berikat det. Ett riktigt arbete hade jag inte sett på åtta år, och jag hade startat otaliga projekt för att skapa lite sysselsättning åt mig. Ett av dem var sysselsättningen som privatdetektiv. Lyckligtvis hade jag min egen bostad och lite pengar, vilket gjorde att jag inte var i ett desperat finansiellt behov av ett arbete. Jag hade inga efter-kommande heller, så visst kunde man fråga sig vad jag hade åstadkommit. Inget av mina fall hade räddat någons liv så ingen var i evig tacksamhetsskuld åt mig heller. Var jag helt överflödig i samhället?

Fel. Åtminstone en person hade sett min tillvaro som viktig. Maria von Dunderholm hade testamenterat en del av sin förmögenhet åt just mig, även om jag ur hennes synvinkel varit praktiskt taget en okänd människa. Hade hon sett någon potential i mig, som jag själv inte har kommit underfund med?

Med en gång tog jag tag i diskborsten och började diska. Kanske jag skulle överraska damerna med att göra en riktigt god festmiddag på kvällen. Skärgårdskommunen hade säkert någon nyrökt makrill till salu, som jag kunde smula in bland nykokt pasta och aubergintärningar. Eller kanske jag skulle laga makrillfyllda ugnspaprikor.

Kanske mamma skulle se min insats och kanske jag skulle känna mig nyttig. Innerst inne började jag förstå att jag hoppades på att få förbättra någons livskvalitet. Om jag redde ut vem det uppspolade liket i Bromarf var och om jag lyckades spåra hans släktingar, skulle de säkert vara tacksamma. Jag skulle lyckas med något som ingen annan hittills hade lyckats med. Den pojke, vars liv hade slutat vid 20 års ålder, skulle inte skapa någon lycka åt någon mera, men jag skulle nog se till att det som hade skett skulle få en upprättelse. Hur mycket hade han kunnat åstadkomma om han hade fått leva?

När jag torkade de sista assietterna, tittade jag ut genom fönstret. Det gråa höstvädret fortsatte precis som det hade gjort under tidigare dagar, men åtminstone regnade det inte längre. De små lindarna, som var planterade längs Östra Strandgatan hade vuxit lite sedan senast. Nästa sommar skulle jag få parkera bilen någon annanstans för att den inte skulle bli klibbig av lindarnas illaluktande vätska. Så här på hösten hade de unga träden dock redan fällt sina få blad.

Skulle jag stöta på mamma och Anna, då jag gick genom staden till lokaltidningen? Om jag gjorde det, skulle jag inte kunna gå förbi dem obemärkt, för så här års var Kungsgatan praktiskt taget öde. Inga turister vandrade långsamt på torgets kullerstenar med en glass i handen. Äpplena hade redan plockats från träden på Gamla stans idylliska innergårdar.

Varför trivdes mamma så bra med Anna? Vi bara fortsatte år efter år med att tillbringa tid tillsammans, Anna och jag, men ändå utvecklades vårt förhållande inte. Var det inte mammas uppgift att pressa oss mot ett giftermål? Borde inte mamma anse Anna vara flickan, som bara slösade bort min dyrbara tid? Tid som jag kunde använda till något mera lukrativt? Eller hade mamma redan hunnit ge upp hoppet om mig och att hon helt enkelt såg Anna som bättre än ingenting? Att hon hade gett mig frid. Även om Anna hade släppt den oerhörda bomben, när hon öppet meddelat åt oss alla att hon inte vill ha barn. Det spelade tydligen ingen roll för mamma att hon inte skulle bli farmor.

Trots den sena morgonen var det så mörkt ute att jag kunde se min spegelbild i fönstret. Ansiktet såg gammalt ut och jag undrade om alla såg mig som lika åldrad som jag hade sett Stefan Rundberg föregående dag. Vart hade alla åren försvunnit? Det hade snart gått 30 år sedan jag var i samma ålder som när det oidentifierade liket hade dödats. Var jag överhuvudtaget klokare nu än vad den unga pojken hade varit när hans liv tagit slut? Något måste väl ha hänt under de 30 år som jag hade fått leva längre än han. Hur skulle jag se på mitt liv om 30 år när jag började närma mig 80-årsåldern? Eller fanns det någon som redde ut min död då?

Jag suckade och hoppades på att den döda unga mannen skulle bli nöjd över mig, om jag åstadkom något banbrytande. Det skulle vara ett mirakel om jag hittade något av intresse i lokaltidningens arkiv. Det var som ett leta efter en nål i en höstack. Utan att ens veta om det var en nål eller något annat som förväntades bli upptäckt i höstacken. Vad skulle jag kunna hitta som polisen inte hade lyckats med i sina rutinundersökningar?

Min enda egentliga chans låg i möjligheten att göra en annorlunda undersökning än vad polisen hade gjort. Jag började faktiskt bli intresserad av att ordna ett fotografi- och minnestillställning för de lokala i Bromarf. Det skulle bli ett mera ledigt och avkopplande evenemang än polisernas formella förhör. Hurudana lokala personligheter skulle dyka upp på mötet?

Men innan dess skulle det bli en mellandag i Fiskars. På Lillböle gård.

KAPITEL 4

Lördag

Med hösten kommer de kalla regnen. Och den lördagen regnade det med besked. Från fönstret i mammas hus såg jag bilar passera med sådan fart att vattenkvastar piskades upp bakom däcken. När regndropparna träffade asfalten såg det ut som om de slungades upp tillbaka av bara farten. Allt kryddades med en tung dimma, som hade lagt sig över hela Ekenäs. Dimman var så grå att det såg ut som om den sög upp alla de färger, som trädens röda och gula löv förgäves hade försökt pigga upp oss med.

Jag slog upp fönstret för att med handen känna hur tätt det egentligen regnade. Det visade sig vara väldigt vått. Som att lägga handen i ett hav.

Mina tankar gick tillbaka till det oidentifierade liket vid havsstranden. Mitt besök på lokaltidningen hade inte gett några ledtrådar. Artiklarna om Bromarf för 16-24 år sedan hade inte varit särskilt många, och inget av inslagen väckte något intresse i mig. Strax efter skolavslutningarna kom det alltid en sedvanlig rapport om ungdomarnas firande, men inget speciellt lyste mellan raderna i artiklarna. Det var alltid en kort notis från Furutorp, där ungdomen firade avslutningen med sedvanliga flaskor och grillkorv. Och jag hade inte hittat någon artikel om en försvunnen ung man heller.

"Skall ni på begravning igen?"

Rösten fick mig att haja till. Någon stod ute i regnet i närheten av mammas hus. Denna någon var mammas granne Brita, som stod klädd i en regnkappa lutande mot en kratta. Tydligen höll hon på att kratta även om det spöregnade! Hon hade klar sikt mot mammas hus och det var tydligt att våra förehavanden var intressantare än krattandet.

"Jag menar, ni är ju alla så finklädda", fortsatte hon.

Visserligen hade hon rätt. Jag stod i fönstret klädd i svart kostym, och både mamma och Anna hade sprungit omkring hela förmiddagen som huvudlösa höns med olika detaljändringar i sina finkläder. Men det kändes inte behagligt att vara iakttagen.

"Nej, det är inte begravning", svarade jag kort.

"Är det fem år sedan din pappa dog?" frågade Brita även om hon helt tydligt hade svaret klart för sig. "Han togs ifrån er alltför tidigt."

"Vi skall på fest", sade jag som förklaring till min kostym.

"På fest?" ekade Brita. "Så här snabbt efter att din pappa har dött?"

"Tja, jag har faktiskt burit svarta kläder i fem år redan", ljög jag och stängde fönstret.

Jag vände om mig och såg att mamma iakttog mig och mina kläder med en kritisk blick. Jag kände mig som en tonåring även om jag var en nästan medelålders gubbe redan.

"Bra att du köpte en skaplig kostym åt dig", sade hon. "Det skulle ha varit lite omodernt om du hade tagit pappas gamla kostym."

Tanken var faktiskt lite obehaglig. Dock inte så obekväm som en spänd kostym och en strypande slips. Men det kunde inte hjälpas. Vi skulle på en mysteriemiddag till Lillböle och inbjudningskortet hade krävt formell festklädsel.

"Det var ett enormt projekt att få honom till klädbutiken", stönade Anna med en kvinnlig solidaritet till mamma.

"Jag kan tänka mig det", sade mamma torrt. "När Jonas var liten fick man släpa honom till skouppköp. Och man fick muta honom med godsaker för att han skulle gå med på att pröva nya byxor."

"Borde vi inte åka iväg nu?" fräste jag och tittade på klockan. "Vi har mycket att göra innan vi skall vara i Lillböle."

"Okay, okay", sade Anna godmodigt och började bättra på sin make-up framför spegeln.

Kille-katten tittade snorkigt på vårt kaos. Det verkade som om han förstod att något var på gång för han hade fått en dubbelportion med kattmat i sin skål. Han skulle få övernatta ensam nästa natt.

*

Två timmar senare satt vi i pappas gamla Nissan och körde via Karis mot Pojo. Hur fint klädda vi passagerare än var, skulle bilen vara nedskvättad med smutsigt regnvatten och sand innan vi var framme.

Det var inte lätt att försöka vara elegant i Finland med dess fyra så väldigt olika årstider. Vi hade både gummistövlar och låga skor med oss, samt övernattningsattiraljer.

Mamma och Anna diskuterade sinsemellan som om jag inte ens var närvarande. Kanske de föreställde sig att de hade en stilig, kostymklädd privatchaufför som inte lyssnade på kunders prat? Pappas Nissan var i varje fall inte ett typiskt vrålåk, som en kostymklädd hemlig agent lät dansa i en vådlig biljakt.

"Snart är det slalomdags igen", sade Anna och nickade mot de branta backarna i Åminnefors.

"Förra vintern var så snöfattig att de inte ens öppnade backarna", sade mamma.

Jag muttrade något, för jag avskydde snö. Alltsedan de förskräckliga händelserna för fem år sedan symboliserade snö både kyla och död för mig.

Anna satt rakt bakom mig på baksätet och nästan omärkligt lade hon sin hand mot min nacke. Jag visste att det var hennes sätt att trösta mig för att ämnet snö hade tagits upp. Hennes gest kändes skön. Det var under det snöfyllda uppdraget som jag hade träffat Anna för första gången.

Avtaget till Fiskars närmade sig men jag valde att köra förbi. Mamma suckade.

"Jag hade hoppats på att vädret skulle få dig att avstå från planen", sade hon, när jag körde in mot Pojo centrum.

"Det är inte så ofta jag kommer hit", sade jag, "... så inte ens snö eller hagel hindrar mig från att besöka pappas grav."

"Du har rätt", medgav mamma. "Och det regnar inte så förskräckligt hårt längre."

Pojos pompösa, före detta kommunhus såg malplacerad ut i all sin marmor. I övrigt fanns det inte mycket sevärt i Pojo kyrkby, men Anna tittade intresserat omkring sig. Hon hade aldrig besökt Pojo tidigare.

"Igen en gråstenskyrka, som ser precis lika ut som vår kyrka i Ingå", påpekade hon, och pekade mot Sankta Maria kyrka. Den såg ut att vara inbäddad i dimma och rödfärgade lindar och lönnar.

"Pappa är begravd där", sade jag och pekade mot den lummiga, lilla gravgården kring kyrkan.

Jag parkerade vid den gulfärgade klockstapeln och kostade på mig en blick mot kullen långt framför mig med dess stora byggnader. Tusen minnen sköljde över mig. Minnen från en oskyldig, trevlig tid tillsammans med mina vänner, ett triumvirat av tre pojkar. En av dem var nuförtiden död, en jobbade i Thailand och jag själv var här, en arbetslös men fullt sysselsatt medelålders man.

"Hans första skolår var där uppe", sade mamma och pekade mot det som under min tid kallades för lågstadium. "Även jag och min man gick i den skolan."

"Tills vår skolresa förlängdes till Karis när vi började i de högre klasserna", förklarade jag.

"Precis som för oss i Ingå", sade Anna. "Tänk att om vår åldersskillnad inte vore så stor, skulle vi ha träffats i Karis högstadium!"

Påminnelsen om vår åldersskillnad gjorde oss alla tysta. Vi visste inte hur vi skulle hantera det ämnet inför mamma, eller vad hon ens tyckte om det faktumet.

Jag steg i mina gummistövlar så fort jag öppnade bildörren och började gå mot gravgården. Mamma och Anna följde efter med varsitt paraply. Just när jag tänkte gå förbi kyrkans ingång för att nå den bortre kyrkogården, slogs dörren till sakristian upp. Jag nästan ramlade baklänges, när jag såg vem som höll på att stiga ut.

"Selma Åkerstrand!" flämtade jag och rusade fram för att hålla upp den tunga kyrkdörren åt den gamla damen.

"Den unga privatdetektiven", svarade Selma och plirade fundersamt på mig med trötta ögon. Det var tydligt att hon inte mindes mitt namn.

"Jonas Österfelt", svarade jag hjälpsamt.

"Ja, det är några år sedan senast", sade tanten, som hade hjälpt mig med några tidigare fall. "Till tider som inte kommer tillbaka."

Det sista sade hon med en bitter, tyngd röst och jag började ana vart det höll på att luta. Försiktigt tittade jag över Selmas axel, ifall också hennes maka skulle stiga ut ur kyrkan.

"Klara?" frågade jag.

"Hon dog för två år sedan", sade Selma med blicken i marken. "Jag har precis besökt hennes grav i Ramskulla." Hon hänvisade till Pojos andra gravgård.

"Jag beklagar sorgen", sade jag ärligt och lade spontant min hand på hennes axel. Det hade tagit en tid för mig att förstå att Klara och Selma inte varit systrar, utan ett par, men det jag hade sett hade varit ett välmående, vuxet förhållande.

"Cancern tog henne till sist. Man får försöka klara sig ensam."

"Du bor i Karis ännu?"

"Ja, och man får resa ända hit för att besöka graven. Kan du tänka dig, vi hade köpt vår gravplats här redan innan vi flyttade härifrån till Karis! Och det gick inte att annullera köpet i efterskott!"

Jag nickade men hade svårt att tänka mig situationen. Även om jag undersökte dödsfall, kändes döden med alla dess praktiska arrangemang rätt avlägsen.

"Men vi skall väl inte stå här i regnet?" grymtade tanten. Hon blickade mot mamma och Anna, som närmade sig oss.

"Det här är min mamma och... och... Anna Tschäder", sade jag stammande, för jag visste inte hur jag skulle klassificera Anna åt Selma. Selmas trötta blick vek undan och det verkade som om hennes hjärna började processa gamla minnen och skvaller.

"Javisst, ja, Fiskars-Österfeltarna", sade Selma och nickade åt mamma. Hon stötte inte ut några igenkännande, förklarande ord för Anna, men hennes skarpa blick vändes mot mig.

"Privatdetektivens flickvän fryser i regnvädret", sade hon anklagande.

"Hon är inte min..."

"Hysch, jag pratar av erfarenhet. En livstid är inte tillräckligt lång för att man skall lära känna en annan. Varför slösa bort en stor del av den tiden?"

Hon nickade bestämt mot mig och trädde upp sitt paraply. Hon gick mot porten bredvid Mannerheims mammas gravkammare och det var tydligt att hon tänkte ta bussen till Karis. Jag skulle också gå mot porten för att komma till den passage, som ledde mot pappas grav.

"Är det ett nytt fall som för dig till Västnyland?" frågade Selma ännu vid porten.

"Ja", svarade jag. "Den där kroppen som hittades i Bromarf."

"Ah", sade Selma och tittade forskande på mig. "Du blir tvungen att gräva långt i historien för att hitta svaren på de frågorna."

"Vet du något?" frågade jag förhoppningsfullt.

"Nej, men en lokal, gammal gumma som är ännu äldre än jag kunde kanske hjälpa. Om hon förstås ännu lever. Synnöve Fredenström. Försök få tag på henne. Hon vet allt om de gamla Bromarf-borna."

"Det låter som en bra idé. Tack, Selma."

"Lycka till, unge man", sade Selma och hon stapplade mot porten.

Jag visste inte om det var hennes personliga förlust eller de fem åren sedan jag senast hade sett henne. Hon såg ut att vara minst tio år äldre än senast. Det kändes inte så konstigt längre att även Stefan Rundberg hade sett åldrad ut när jag sett honom på stranden i Bromarf för två dagar sedan. Hur såg gamla bekanta på mig? Såg jag ut som en åldrad, medelålders gubbe? En misslyckad individ, som hade låtit sin flickvän slinka ur händerna?

Min blick flackade mot mamma och Anna, som redan stod vid pappas grav. Jag gick åt samma håll. Gravstenen var våt av regnet och de inhuggna bokstäverna och numren var nästan oläsliga i det gråa höstvädret. Mamma tittade tyst på gravstenen med tankarna i behagliga minnen någonstans långt i det förflutna. Anna tittade nyfiket på mig. Jag tittade mot stenen genom den slöja av vattendroppar som trillade från paraplyets ändar.

Pappa var egentligen inte begravd i jorden under stenen. Vi hade spritt hans stoft vid Degersjön i Fiskars, men i våra tankar var han i samma grav som hans föräldrars grav i Pojo. De inhuggna namnen i stenen tillhörde dem, men pappas namn fanns på en liten bronsplakett, som vi hade fäst på gravstenen. Jag undrade om mamma skulle vilja ha en likadan plakett eller om det skulle finnas nya metoder för att minnas nära och kära när det var hennes tur.

Det var inte en sten som jag såg. Det var en arbetskarl som kom hem

47

från sitt jobb i Fiskars med en glad min trots en lång arbetsdag. Det var en far som sprang bredvid min cykel, min födelsedagspresent, och som samtidigt höll tag i styrstången för att hålla den i balans när jag lärde mig att cykla. Det var en vuxen vän som log glatt när jag som en vuxen son kom till mina föräldrar för att fira jul. Det var en man som inte skulle ge mig nya minnen, men jag hade redan vant mig vid den ofrånkomliga sanningen.

Nyfiket tittade jag omkring mig och kände igen en massa släktnamn. De var ättlingar till smeder och arbetskarlar på Fiskars bruk, som under århundraden hade jobbat för att utveckla Fiskars till en blomstrande ort. De hade fått sin lön delvis i polletter, som kunde användas som betalningsmedel och som var en självständig valuta endast i bruket. Många av släktnamnen var exotiska och från en tid, då yrkeskunniga smeder hade lockats från utlandet till bruket. När jag var liten hade släktnamnen varit mina klasskamraters naturliga namn, men på senare år hade de fått en ny betydelse.

För två år sedan hade jag hittat en ny sysselsättning åt mig. När jag inte längre hade anlitats för något detektivuppdrag, hade jag istället blivit öppen för en ny hobby. Efter att pappa hade dött, hade jag börjat forska i hans och våra förfäders bakgrund. Släktforskningen hade kommit in i mitt liv och jag hade lärt mig massor om livet på Fiskars bruk. Alla de exotiska släktnamnen var invävda i varandra på något sätt och det var intressant att kartlägga de olika släktförhållandena.

När jag hade ritat upp min släkts förflutna, hade jag samtidigt börjat uppskatta min existens på ett helt nytt sätt. Även om jag som arbetslös inte kände mig lika nyttig som mina hårt arbetande förfäder, insåg jag att deras insatser hade hjälpt mig att få den levnadsstandard som jag hade. På ett konstigt sätt hade mitt självförtroende växt.

Som detektiv hade jag drivits av målet att rädda människoliv. Nu gick jag här bland monument för de döda, liv som man har misslyckats med att rädda. Som släktforskare hade jag drivits av målet att kartlägga döda människors släktband. Kanske det inte var så annorlunda än mitt detektivarbete trots allt?

Och nu såg jag stenarna till de namn som jag hade sett som avlägsna släktingar i mitt släktträd. Det var inte bara pappas sten som jag såg. Det var en hel skog av stenar. Alla dessa stenar hade gjort mig till den jag var. Och den uråldriga gråstenskyrkan vakade över alla dessa stenar, likt fågelmodern till hundratals sköra ägg.

Mamma suckade djupt och vände sig en aning som ett tecken på att vi borde gå vidare.

"Våra kläder får inte bli alltför blöta", påpekade Anna. "Vi har en lång festmiddag framför oss ännu."

Trots att regnet borde ha fått våra steg att skynda snabbare mot bilen, gick vi långsamt runt kyrkan. Inga pölar hade samlats på de sandiga stigarna och våra skor förblev relativt skonade. Min blick flackade från kyrkkullen över byns tomma affärslokaler och ödsliga lekpark. Pojos blomstringstid var sedan länge försvunnen, men kanske den en dag skulle återvända.

Det var min tur att sucka djupt och vi gick in i bilen.

*

Tio minuter senare körde jag in i Fiskars. De gamla tegelbyggnaderna, de rappade byggnaderna, de gulmålade byggnaderna såg likadana ut som alltid tidigare. De var lika inbäddade i stora, lummiga träd som alltid tidigare. Korrigering: träden var inte lika lummiga som alltid! De såg på något skalade ut, som om de bara vore halvlummiga. En kraftig vindpust blandad med duggregn avslöjade varför. En virvel av stora, blöta lönnlöv slungades mot bilfönstret och kladdade in sig i vindrutetorkaren. Det var en av de höstdagar, då de flesta löven trillade från alla ädelträn mot sand, gräsmatta, asfalt och Fiskars å. Jag undrade om löven skulle täppa till slussens lilla öppning och få forsen att förtvina.

Få turister rörde sig i det regniga bruket, så även om jag var chaufför kunde jag kosta på mig att titta lite omkring mig. Väldigt lite hade förändrats sedan mitt senaste besök i Fiskars, men jag jämförde ändå allt med de minnen jag hade av bruket från min barndom. När vi bodde i Fiskars för 30-40 år sedan var allt så illa skött och opolerat, medan allt var nu renoverat och uppiffat för att attrahera besökare. Mest av allt förundrade jag mig över den parkeringsplats, som hade hittat sitt läge på det område, där inget hade växt i min barndom. Pappa hade påstått för oss barn, att platsen under århundraden hade varit en parkeringsplats för hästar och att deras bajs hade gjort att inget växte längre på den jordplätten.

Efter att i fem år ha varit borta från min barndoms miljöer kändes de närmare än någonsin. Eller höll jag på att bli gammal? De gamla byggnaderna verkade andas något meddelande åt mig från mina förfäder som under århundraden hade jobbat i bruket. Finsmeder, kolar och brandvakter försökte viska visdomar i mina öron. Eller var det varningar?

När vi körde förbi den lilla livsmedelsaffären, såg vi en man stå utanför boden med en glass i sin hand. Han lutade över en moped, som tydligen var hans fortskaffningsmedel i bruket.

"En glass!" utbrast Anna förvånat. "I detta väder!"

Jag såg vem det var och tänkte just ropa ut förklaringen, då mamma hann först.

"Det är ju Tuffe!" sade hon.

"Fiskars ikon och allas älskade bydåre", förklarade jag åt Anna.

Tuffe tittade mot oss, men han verkade inte känna igen oss. Honom var det lätt att känna igen, för det var omöjligt att ta miste på hans frisyr. Hans skalle var renrakad så när som på en lång fläta som spretade upp från mitten på hans huvud och vilade över hans högra öra.

"Han ser precis ut som för 30 år sedan", konstaterade mamma. "Han har hittat ungdomens källa."

Vi visste inte vad vi skulle säga åt det påståendet, men jag fortsatte köra bort från brukets centrum. Vanligtvis brukade vi alltid stanna i bruket och spatsera långsamt längs ån mot Kopparsmedjan, eller mot Hammarbacken och muséet. Men inte idag, för vi skulle fortsätta mot Lillböle. Vi skulle inte ens stanna i någon av bodarna kring Kasernen och klocktornet för att köpa någon present åt värdparet. Vi började redan bli sena.

Efter några minuters körning mot Antskog, vände jag mot höger och en smal sandväg, som skulle föra oss mot Degersjön och Lillböle gård. Kalla kårar fick mig att rysa. Som om de våta kläderna blivit kalla och gav mig frossa.

Anna lade sin hand på min axel för vi närmade oss platsen. Jag uppskattade gesten. Mamma tittade nervöst på mig, för hon visste att platsen hade en speciell betydelse för mig. Vi hade faktiskt aldrig pratat ut tillräckligt om allt som hade skett. Jag antog att hennes nervositet var ett tecken på att hon inte ville veta allt heller.

Ungefär halvvägs mot herrgården blev sandvägen plötsligt bredare vid en skogsglänta. Platsen fungerade som en mötesplats om två bilar möttes på den smala vägen. Under vintern brukade platsen användas som en vändpunkt för den traktor eller plogbil, som skötte väglaget efter snöfall. Plogen brukade skuffa stora snölass i dikena omkring vändpunkten så att stora snöhögar samlades som vallar omkring. Det var i dessa snöhögar som jag nästan förlorat mitt liv för fem år sedan i samband med utredningarna kring ett fall. Anna kände till den traumatiska upplevelsen, för även hon hade varit inblandad. Mamma hade fått reda på omständigheterna främst via skvaller och lokaltidningen, men hon hade aldrig förmått sig att diskutera fallet med mig.

Jag saktade in och tittade mot dikena kring gläntan. Öppningen var full av bruna, ruttnande ormbunkar, tyngda av den blöta hösten. Det kändes konstigt att se dikena tomma, utan vallar och snöhögar. Endast trädena omkring gläntan vakade över oss och de såg så mäktiga ut att de var nästan som en beskyddande armé. Inget ont skulle hända oss längre på Lillböle gård. Antog jag.

Med en rivstart körde jag mot Lillböle gård. Efter skogen dominerades området av stora åkrar, vars jord under senhösten hade vänts till leriga, låga vallar i väntan på våren och en ny sådd. Bortom åkrarna och herrgården glimtade Degersjön med alla dess möjligheter till fiske. Jag körde genom en smal allé, som kantades av stora, välklippta lindar.

Och när allén tog slut, väntade Lillböle gård på oss i all sin prakt. En gulmålad herrgård med vitkalkade pelare. Ett hus i två våningar, som speglade gammal historia och tusentals berättelser.

För mig var de skräckhistorier.

För jag hade kommit till den gård, där min barndomsvän hade bott och dit jag ofta hade kommit för att leka. Den herrgård, dit jag hade återvänt trettio år senare för att reda ut ett konstigt dödsfall, och den byggnad, där jag mött ett svek som jag aldrig hade trott att skulle drabba mig. Det hade skett för fem år sedan men fortfarande fick fasaden mig att må illa. Men hit hade jag kommit av egen fri vilja.

Jag hade bjudits hit tillsammans med Anna och mamma, och snart skulle jag få veta varför.

KAPITEL 5

"Oj oj oj", vojade sig Linnea Flytmarsch när hon stod inför den omöjliga situationen. "Vi har bara två rum klara ännu, och jag hade tänkt det ena rummet åt er och det andra rummet åt din mamma och Axels pappa."

Förläget tittade jag på fem ögonpar, som förväntade sig att jag skulle bryta pattsituationen. Jag hade just meddelat att Anna och jag behövde två rum, och det hade våra unga värdar inte räknat med. Allas blickar verkade vänta att jag skulle lösa situationen genom att bjuda Anna till mitt rum och min dubbelsäng, men jag vägrade ge dem den tillfredsställelsen.

Så fort vi hade stegat in i Lillböles huvudbyggnad, hade dess ägare Axel Nordsund och hans unga hustru Linnea Flytmarsch välkomnat oss. De hade berättat att Lillböle skulle bli ett fint hotell, och att vi alla var välkomna att bekanta oss med hotellets första steg. Och jag tyckte nog att det var haltande steg om de inte hade tillräckligt med rum till förfogande. Axels pappa Alvar redde ut situationen.

"Kanske vi klarar oss med mitt rum på disponentvillan?" frågade han med glimten i ögat, vänd mot mamma.

Alvar Nordsund hade varit disponent på Lillböle i många årtionden åt dess dåvarande ägare, von Dunderholms. Men när den sista von Dunderholm hade dött, och överraskande nog testamenterat Lillböle åt sin disponents son Axel, hade Alvar bestämt sig för att gå i pension. Han bodde fortfarande på disponentvillan i anslutning till huvudbyggnaden, och han hjälpte gärna till på gården.

"Det är inget problem", sade mamma glatt. "Där har jag ju annars också bott ibland, så det är inget nytt under solen. Och under alla de gånger som jag övernattat där, har du aldrig berättat några detaljer om Axels och Linneas hotellplaner! De är verkligen väl bevarade hemligheter."

"Då säger vi så", konstaterade Axel bekymmerslöst och visade mig den ena dörren och Linnea öppnade den andra dörren åt Anna. Mamma och Alvar försvann med mammas väska tillbaka ned till första våningen för att fortsätta ut över den våta gården till disponentvillan.

Jag gick till fönstret och tittade på dem när de gick över sandplanen. Min bil hade blivit smutsig under den regniga färden till Lillböle och jag skämdes lite över den.

"Om ni har tänkt ta emot många hotellgäster, blir ni säkert tvungna att utvidga parkeringsplatsen", konstaterade jag torrt.

"Absolut", sade Axel och blev stående i dörröppningen. Det kändes som om jag borde ge honom lite dricks för att han visat mig rummet, men tanken var absurd. Axel var min vän.

"Det är just sådana observationer och feedback som vi förväntar oss av ert besök", fortsatte Axel. "Linnea och jag har blivit blinda för sådana saker som av verkliga hotellgäster skulle ses som självklara brister. Vi vill åtgärda dem innan de första gästerna kommer nästa vår."

"Ni kommer att fortsätta göra renoveringar här under hela vintern?"

frågade jag.

"Absolut", svarade Axel. "De här två rummen är närmast en förstahjälp och presentationsrum för det som är på kommande. Vi kommer att ha 20 rum här på övre våningen, och nedre våningen blir andra utrymmen samt Linneas och mitt hem."

"Ni satsar verkligen allt på detta", konstaterade jag och kände mig lite avundsjuk.

Jag skulle aldrig ha mod att satsa allt på ett dylikt projekt. Även om jag hade resurserna. Men de var eldsjälar, Linnea och Axel. Det var inte jag och kanske det var därför som de sysselsatte sig själva till 100 procent, medan jag var arbetslös. Eller kanske de bara hade en sådan energi som endast unga kan ha, men som jag redan var alltför gammal för.

"Ja, inte skulle vi ha vågat oss på allt detta med lånepengar", sade Axel, och hänvisade till de pengar som han hade fått ärva.

"Sängen är åtminstone perfekt", sade jag förnöjt och satte mig på bädden med fart för att låta dess fjädringar vittna om en skön nattsömn. Gesten var för intim för Axel, som gick ut i dörröppningen.

"Vi ses vid middagsbordet om en timme", sade han med en hemlighetsfull röst. "Linnea och jag har gjort en enastående middag åt våra ytterst välkomna gäster."

Jag såg Axel stänga dörren bakom sig. Den obekväma känslan kröp omedelbart på mig. Jag visste inte om det berodde på att jag satt ensam i ett rum i det förskräckliga Lillböle eller om det berodde på att Axels karismatiska närvaro hade lämnat rummet. Axel var en av de stiligaste unga män som jag någonsin hade sett. Och han var dessutom behaglig att umgås med. Det var inget mirakel att Linnea var galen i honom och att hon hade blivit överlycklig, då de hade blivit man och hustru för tre år sedan. Paret hade varit mina vänner sedan jag träffat dem i samband med utredningarna kring ett mystiskt dödsfall för fem år sedan.

Men min historia med Lillböle sträckte sig betydligt längre bak i tiden än vad Alvar och Axel Nordsund hade upplevt på gården. När jag var liten hade min barndomsvän Hubertus von Dunderholm bott på gården med sin mamma och pappa. När jag hade besökt dem under våra lekar hade Hubertus pappa Fredrik alltid varit sjuk och mamma Maria hade alltid varit irriterad. Som liten hade jag aldrig varit rädd på herrgården även om vi barn trodde att det spökade där. Byggnaden hade bara helt enkelt varit ointressant för vi hade lekt betydligt roligare lekar i bruket eller hemma hos oss. Hubertus hade besökt oss oftare än jag hade besökt Lillböle.

Det var dock först för fem år sedan som Lillböle hade utvecklats till en skrämmande plats för mig. En hel generations dolda sanningar hade avslöjats och allt det som jag hade bevittnat i Lillböle som liten pojke hade plötsligt i efterskott kryddats med en smula skräck och obehag. Tanken att jag skulle övernatta i detta rum på denna gård var inte trevlig. Men det var bara en natt och jag skulle nog klara av det.

Jag lättade på slipsen så pass mycket att det började kännas ledigare, men ändå så att jag lätt skulle spänna fast den igen. Fortfarande klädd i min kostym lade jag mig på sängen och undrade om byxorna skulle bli skruttiga. Om jag slöt ögonen en stund skulle jag kanske vara piggare under middagen. Åtminstone såg väggarna inte likadana ut som de hade gjort 40 år tidigare så kanske jag skulle lyckas inbilla mig att jag sov någon annanstans än i Lillböle.

Med ögonen slutna försökte jag lyssna på husets ljud. Skulle jag höra de rosslanden, som Fredrik von Dunderholms sjuka kropp släppt ur sig? Skulle jag höra hans hustru Marias gnälliga förebrående? Nej, jag hörde bara något skrammel från köket i våningen nedanför. Jag hörde golvet knarra i rummet bredvid mitt och jag förstod att Anna höll på att göra sig i ordning inför middagen. Men jag hörde inte duggregnet smattra mot fönstret längre. Den observationen fick mig att stiga upp ur sängen, och jag gick till fönstret.

Någonstans i horisonten höll molntäcket på att spricka upp. Det såg ut som om fukten höll på stiga upp från marken som små moln. De sökte sig allt högre och högre upp mot trädkronorna. Dimman steg från Degersjön som om någon höll på att dra upp en ridå på en scen. Var jag en del av en pjäs? Höll någon på att styra mig igen på samma sätt som jag hade blivit utnyttjad i mera än ett detektivfall tidigare? Skulle denna kväll få dimman att stiga bort från mina ögon och skulle jag se mitt liv och min framtid klarare än tidigare? Mitt förflutna var ett facit på något som har hänt, men min framtid var något obekant, som skall hända. I varje fall hoppades jag på en god middag. Och den verkade närma sig, för ute började det skymma och min mage började kurra.

58

*

Linnea Flytmarsch klirrade med sin gaffel i vinglaset och vårt sorl svalnade. Hon tittade kärleksfullt på sin äkta make, då hon harklade sig. Hennes svärfar nickade uppmuntrande åt henne. Anna, mamma och jag tittade förväntansfullt på vad hon hade att säga.

Vi hade just ätit en timbal med löjrom och svarta linser. Det hade varit en fantastisk förrätt och jag var mycket nöjd med kvällens början.

"Tack för att ni kom allesammans", sade Linnea högtidligt. "Som vi redan sade tidigare ville vi fira beslutet att starta ett hotellföretag här på Lillböle gård. Vi vill behandla er som våra hotellgäster och vi tar gärna emot förslag på förbättringar, så att affärsverksamheten blomstrar sedan när vi kör igång på allvar. Det här är dock inte hela sanningen. Om en stund kommer Axel att förklara en spännande vändning på kvällen, som ännu är på kommande. Men innan dess, ät och njut, gott folk! Välkomna!"

Vi skålade med det härliga vita vin, som passade utmärkt till timbalen.

"Om de inte redan vore gifta, så skulle man i detta skede misstänka att de tänker överraska oss med att utlysa en bröllopsdag", viskade Anna åt mig.

"Bröllop?" ekade Axel från andra sidan bordet. "Hörde jag ordet bröllop?"

"Nej, nej", sade jag gällt. "Det var inget sådant."

Igen en gång kände jag allas blickar vändas mot mig. Igen en gång verkade deras blickar vara anklagande, som om jag hade gjort något illa och inte förstod att be om förlåtelse. Varför kändes det som om jag var boven i dramat och att det var jag som borde rätta till något med att falla på knä?

Av någon underlig anledning verkade Linnea titta åt mitt håll på samma respektfyllda, toleranta sätt som alltid tidigare. Och det berodde inte på att jag kände mig som en välvillig, åldrig farbror i hennes sällskap. Hon tittade på mig som om det var jag och Anna som hade ett modernt, regelfritt, intressant parförhållande till skillnad från alla dem som band sig till varandra med traditionella giftermål. Linnea själv inräknad.

Med ett hemlighetsfullt leende steg hon upp från bordet och gick till köket. Huvudrätten var tydligen på kommande.

"Har pengarna räckt till med alla renoveringar?" frågade mamma rakt på sak.

"När alla rum är klara efter vintern och när allt är i ordning för öppnandet, kommer arvet att vara helt använt", sade Axel glatt. "Det blir som att börja med öppna kort och utan lånebörda, så vi skall få se hur långt det bär på egen hand. Men utan det von Dunderholmska arvet skulle vi inte ens ha kunnat drömma om att starta det här projektet."

"Hur har din andel räckt till?" frågade Alvar, vänd mot mig.

"Tack bra", sade jag. "Det mesta vilar fortfarande på mitt depositionskonto, men jag använder lite hela tiden för att täcka mina utgifter. Mitt arbetslöshetsunderstöd räcker inte långt och privatdetektivjobben ger inga inkomster. Kanske jag en dag behöver pengarna, vi får se."

En lång tystnad följde och för en stund var jag orolig för att ungdomarna skulle be mig investera i deras hotellprojekt.

När Maria von Dunderholm dog för fem år sedan, hade både Axel och jag överraskats som arvtagare. Gumman hade testamenterat tre fjärdedelar av sin egendom åt Axel och en fjärdedel åt mig. Testamentet hade dock klandrats av Marias systerdotter, men det hade konstaterats vara rätt upplagt. Lite fördröjt hade arvet betalats åt Axel och mig.

Marias testamente hade innehållit en önskan om att Axel skulle ta över ägandeskapet i Lillböle. Därför hade hon gett merparten av arvet åt honom, eftersom Lillböles mark och byggnad skulle ses som en avsevärd del av förmögenheten. Arvlåtaren hade räknat Axels andel till Lillböle gård samt en del kontanter, pengar som han nu hade använt till renoveringen. Jag hade också fått kontanter som arv.

"Ja, vem skulle någonsin ha kunnat tro att ni skulle få pengar från ett så oväntat håll", sade mamma. "Av mig kommer du och Gitta inte att ärva särskilt mycket."

"Nu talar vi inte mera om det", sade jag för den goda smaken från förrätten höll på att försvinna från min mun. Allt prat om pengar gav alltid en besk bismak. Min syster Gitta skulle ha tänkt lika.

"Voilá!" utropade Linnea och seglade in i matsalen med två tallrikar, som hon lade framför mamma och Alvar. Raskt småsprang hon till köket igen efter följande sats.

Vi sträckte på halsarna och tittade nyfiket på vad som fanns på tallrikarna. Det såg ut som fågelkött.

"Allt är närproducerat", sade Linnea stolt och räckte en identisk tallrik åt Anna och mig. "Eller fångat i traktens skogar."

"Det är fasanbröst i tranbärssås med krossat vete samt spenat- och fänkålsstuvning", sade Axel, och Anna gav en spontan applåd. När även värdparet hade fått sina portioner, kunde jag inte låta bli att lyfta en skål.

"Tusen tack för inbjudan!" sade jag och reste mig. "Det har varit en ära att få följa med er utveckling från ett ungt par till stolta gårdsägare. Och trots lite motstridiga minnen från denna plats är det roligt att vara med just er här igen på Lillböle."

Linnea log lite blygt och Axel bad oss hugga i. Maten var härligt god och jag ansåg att gårdshotellet kunde ha en intressant framtid som en gastronomisk attraktion i Fiskars.

"Har du något spännande detektivuppdrag på gång, Jonas?" frågade Linnea mellan munsbitarna.

"Ja, det skulle jag också gärna veta", sade mamma beskt. "Förra gången fick man bara plötsligt höra att Jonas hade utsatts för ett mordförsök. Och här på dessa ägor till råga på allt."

"Det var en obehaglig episod", erkände Alvar. "Aldrig hade jag trott att polisbilar och ambulanser skulle storma in på Lillböle just innan jag skulle pensionera mig."

"Ja, det fallet är avslutat", sade jag. "Men visst har jag nytt på gång. Utan att någon har anlitat mig. Det bara började intressera mig, det där liket som flöt upp i Bromarf."

"Jasså, du kombinerar det här besöket på Lillböle med ett besök i Bromarf", sammanfattade Alvar. "Har det dykt upp något nytt då? Något annat än det man har fått läsa i tidningarna?"

"Nej, ingen tycks veta vem det 20 år gamla skelettet har varit. Vi vet bara att han var en 20 år gammal pojke och att ingen tycks ha saknat honom under alla dessa år."

"Någon måste väl åtminstone ha samvetskval?" sade Linnea torrt. "För det blev väl fastställt att han var mördad?"

"Ja, han hade fått ett slag i huvudet innan han drunknade."

"Det låter precis som vår Mia Kinnunen", sade Axel och tittade försiktigt på Linnea. Han hänvisade till det fall som lockat mig till Västnyland för fem år sedan.

"Någon hade dock lagt det här liket i en säck innan det dumpades i havet strax utanför Bromarf", fortsatte jag.

"Äsch, maten är väldigt god, men det här pratet är inte någon bra krydda", sade mamma.

"Helt kort ännu", avbröt jag. "Känner ni till någon som bor eller har bott vid kusten mellan Bromarfs centrum och Padva?"

"Hjalle Hellvik bor i de trakterna", sade Alvar och tittade frågande på sin son. "Har han inte något med båtmotorer att göra? Hade du inte kontakt med honom när du ännu jobbade på bilverkstaden?"

"Det stämmer. Och han heter visst Hjalmar på riktigt. Men han borde nog vara pensionerad vid det här laget."

"Det kan vara en bra sak", sade jag entusiastiskt. "Det kan betyda att han bodde i den trakten för 20 år sedan när dödsfallet inträffade. Han kan veta något."

"Hälsa från oss, om du talar med honom så tror jag nog att han är speciellt hjälpsam med dina frågor", sade Alvar godmodigt.

"Men, kanske du Axel berättar lite om kvällens program medan jag hämtar desserten", föreslog Linnea, när hon steg upp och gick till köket.

"Ja, nu är det så att vi har tänkt att vårt hotell även erbjuder temaveckoslut", sade Axel och harklade sig. "Sådana teman som får våra gäster att resa hit för den skull och inte bara för att besöka Fiskars."

"Och det är därför som vi alla är här idag", sade Alvar belåtet, för han var införlovad med hemligheten. "Ni skall få testa det tema, som förväntas bli Axels och Linneas bravura."

"Nej", sade Anna, som hade varit rätt tyst hittills. "Det kan väl inte vara...?"

"Nej", sade jag bestämt när jag började ana vart det började luta.

"Mordveckoslut", sade Axel dämpat, när han såg våra reaktioner.

"Menar du att vi ikväll skall testa om en mordlek kunde fungera?" frågade mamma tvekande.

"Ni får gå omkring på Lillböle på egen hand och så blir en av er "mördad" och de andra får reda ut vem som är mördaren och vad som är motivet." Axel fick det att låta enkelt.

"Det kunde verkligen vara intressant för era besökare om konceptet visar sig vara fungerande", påpekade Anna fundersamt.

Jag tittade på henne med en mördande blick. Hon borde inte uppmuntra dem till det vansinniga företaget. Det var otänkbart att jag skulle leka mord i denna byggnad, som hade fört med sig så mycket huvudbry åt mig. Det var alltför bisarrt.

"Dessert" småropade Linnea då hon stormade in i matsalen igen. Hon höll i en bricka med sex små portionsskålar.

"Hallonparfait", förklarade Axel stolt medan hans hustru placerade skålarna framför oss.

Jag tittade surt på den glassliknande portionen. Det såg ut som om blod höll på att rinna över halvsmält snö. Det var två ämnen som jag inte var särskilt förtjust i. Men förbannat god var parfaiten trots allt.

*

En stund senare stod jag ensam i ett av de sjabbiga, orenoverade rummen på övre våningen. Fönstret var lite smutsigt men jag såg att det blev allt klarare och klarare utomhus. Det kunde bara betyda en kall frostnatt. Månskenet gjorde att de kala träden fick långa skuggor. En rörelse fick mig att spänna blicken mot trädgården och det verkade faktiskt som om Alvar eller mamma var på väg till disponentvillan.

Var det en del av mordleken? Skulle någondera bli "mördad"?

Jag visste bara att vi hade blivit beordrade att sakta gå omkring i huvudbyggnaden eller i trädgården eller i disponentvillan tills något hände. Vi visste inte vad detta "något" kunde vara. Vi fick inte gå parvis utan var tvungna att promenera ensamma ända tills någon av oss blev ett lik och blev upptäckt av någon annan. Därefter skulle "utredningarna" starta.

Det var inte alls roligt. I själva verket kändes det vardagligt, eftersom dylika detektivuppdrag hade varit min vardag. För mig var det rena rama allvaret och jag ville inte koppla av med något så tråkigt. Men jag hade gått med på att delta i leken trots allt.

En plötslig rörelse avspeglades i den mörka fönsterrutan och jag vände snabbt om mig. Men det var för sent. Jag hann bara se en gestalt klädd i en jumper med en huva, som var så väl nerdragen över ansiktet att jag inte såg vem det var. Något fladdrade vid min kostymrock och jag tittade misstroget på arrangemanget.

En papperskniv med någon sorts provisorisk fastsättnings-mekanism stack ut från min rock vid min navel. Jag hade inte förstått det genast men det slog mig med en gång att jag hade blivit "mördad".

"Lägg ner dig och spela med", befallde gestalten. "Du är nu död."

Motvilligt lade jag mig på det dammiga golvet och försökte placera mig så att min nya kostym inte skulle bli alltför rynkig.

"Tack", sade gestalten med en uppenbar Axels röst och smög till dörröppningen. "Vi återkommer strax och börjar utredningarna."

Och så låg jag där orörlig, på Lillböle herrgårds dammiga golv och väntade på att någon skulle hitta mig. Konstigt nog kändes det som om jag var en liten pojke igen, och jag lekte kurragömma på Lillböle tillsammans med mina vänner Hubertus och Peter. Under den tiden hade allt känts så stort och det gjorde det nu också, sett från golvet. Jag hoppades att jag inte skulle nysa för det skulle säkert ruinera stämningen, när "liket" hittades.

Dörren öppnades igen och jag såg att Anna tittade försiktigt in. Hennes blick fokuserades på mig, där jag låg vid fönstret. Via ögonvrån såg jag henne komma teatraliskt småspringande mot mig. Som om hon befann sig i en teaterpjäs, där en enfaldig piga hittade sin husbonde brutalt mördad. Hon släppte ur sig ett så gällt teaterskrik att jag ville lyfta mina händer mot öronen.

"Min käre man, förlorad för evigt", viskade hon med darrande röst och smekte ömt min kind. Det kändes riktigt skönt, måste jag erkänna.

"Något har hänt", utropade någon dramatiskt i dörröppningen.

"Okay allesammans", sade Linnea högtidligt. "Vi har ett mordoffer och vi kan samlas i matsalen för att diskutera vad som har hänt. Och får jag be att liket inte säger någonting även om han är med som åskådare."

"Det här liket vore dessutom jävigt", sade Alvar bestämt. "Han är ju detektiv och skulle lösa fallet på nolltid."

"Men nu blev detektiven själv ett lik", fnissade mamma. Hon skulle inte ha fnissat om hon hade vetat hur det hade känts fem år tidigare att nästan bli ett lik på riktigt på dessa marker.

*

"Det måste vara någon av våra värdar", påpekade mamma bestämt. "De känner till husets passager och de vet var plankorna knarrar om man går på dem. De har lättare en uppfattning om var vi befann oss så att de kunde hitta rätt tidpunkt att slå till."

"Jag håller med", sade Anna. "Och jag skulle gissa på Axel, för jag hörde flera gånger att Linnea var i köket och pysslade med något."

"Jag tror att vi är rätt ense om det", sade Alvar. "Den skyldige är Axel."

"Och hotellgästerna kan väl inte förväntas vara involverade i mordgåtan, då de kommer hit som kunder?"

"Vänta", sade mamma ivrigt. "Tänk om ljuden i köket var ett sätt att lura oss? Vi vet ju inte med säkerhet att det var Linnea som var där."

"Om det var Axel som var i köket för att medvetet få oss på villospår, var det Linnea som utförde mordet", sade Anna. "I så fall var mordet ett samarbete mellan Linnea och Axel."

"Kanske vi ändå skulle utgå från att göra historien så enkel som möjlig", föreslog Alvar. "Att det är Axel som är gärningsmannen?"

"Håller med", sade Anna.

"Okay", sade Linnea. "Då är det noterat. Vad säger ni om motivet då?"

Alla tystnade för det var en svårare nöt att knäcka. Vi satt kring matsalens bord och tittade på varandra som om vi alla var misstänkta inför allas ögon. Det kändes som om vi var deltagare i en mordgåta på en brittisk herrgård och vi var till och med klädda för en överklassmiddag. Men istället för att en prominent detektiv förde ordet, var det vi själva som skulle komma in på bara sanningen. Alla utom jag själv, för min roll var att sitta tyst i ett hörn och lyssna på hur de avslöjade bakgrunden till mordet på mig.

"Kanske Jonas var ett hot mot Axel och att han därför måste tystas för gott?"

"Kanske Jonas utövade utpressning mot Axel och att han hade

mjölkat pengar av honom en gång för mycket?"

"Kanske Jonas i själva verket begick självmord och ville få det att se ut som ett mord?"

"Eller kanske Axel ville hämnas för något?"

Förslagen till Axels motiv haglade över bordet, men varken Linnea eller Axel verkade mjukna.

"Vänta!" sade Anna. "Det vanligaste motivet till ett mord är finansiell nytta."

"Nu blir det varmare", sade Linnea.

"Vad har Jonas för medel som Axel kunde vara intresserad av?" frågade mamma häpet.

"Kanske det har något med arvet att göra?" föreslog Alvar.

"Varmare", deklarerade Linnea.

"Vänta nu", sade Alvar. "Om Jonas dör, blir det hans mamma som ärver honom. Om jag gifter mig med henne kommer jag i min tur åt pengarna. När både jag och Jonas mamma är borta, blir det Axel som ärver mig, eftersom han är min enda son. På det sättet kommer Axel åt Jonas pengar."

"Förutsatt att det inte finns ett testamente förstås", påpekade Anna. "Och förutsatt att Jonas inte är gift med mig."

Allas blickar vändes mot mig, och jag vände min blick mot taket. Jag var inte ens förlovad med Anna och trots att mitt yrke hade fört mig nära döden, hade jag aldrig ens tänkt på att skriva ett testamente. Även om någon tidningsartikel för en tid sedan hade poängterat att alla borde fundera på att göra sin sista vilja klar för alla tänkbara parter. Oberoende av hur gammal man var.

"Vi har meddelat vår främsta misstänkte och hans motiv", sade mamma högtidligt.

"Perfekt!" utbrast Linnea och klappade händerna av förtjusning. "Ni löste mordgåtan!"

"Vänta!" sade jag utan att lyda befallningen att vara tyst. "Ni har missat en sak."

"Vaddå?" frågade Linnea lätt irriterat.

"Det finns ännu en släkting att ta i beaktande."

"Vem då?" frågade Axel misstroget.

"Gitta", sade mamma, som började förstå vad jag syftade på. "Efter min död är det inte nödvändigtvis Alvar som ärver mig även om vi vore gifta. Jonas har ju en syster, Gitta, som i så fall är den främsta bröstarvingen."

"Du har aldrig berättat om Gitta", sade Axel anklagande, vänd mot sin far.

"Jag har inte kommit mig för att berätta om henne även om jag till och med har träffat henne", sade Alvar lite snopet.

71

"Det här var en viktig lärdom inför våra mordleksveckoslut", sade Linnea bestämt. "Vi måste ta mycket mera reda på om våra gäster innan vi kan skräddarsy mordleken."

"Måstc leken vara personifierad?" frågade jag försiktigt. "Kan det inte vara ett standardmanuskript som följer samma mönster oberoende av vem som deltar i evenemanget?"

"Du har rätt", sade Linnea fundersamt. "Vi tänkte hela projektet lite väl komplicerat. Vi får finslipa konceptet under vintern."

"För mig var leken inte helt behaglig", erkände jag. "Det togs upp en massa som jag inte hade gillat att utomstående fick ta del i. Därför kan det vara ännu viktigare att ni inte går alltför djupt in på motivet när ni går genom berättelsen med era gäster."

"Tack", sade Axel uppriktigt. "Det här var just en sådan oväntad synvinkel som vi behövde innan vi börjar förverkliga våra vilda idéer."

"Huvudsaken är att något har hänt", konstaterade mamma. "Och i kväll har det hänt så mycket att man börjar bli riktigt trött."

*

En stund senare hade vi sett Alvar och mamma lämna huvudbyggnaden för att gå till disponentvillan och en god nattsömn. Axel och Linnea stannade i första våningen för att städa lite, men de skulle nog också söka sig till sitt sovrum. Anna hade redan gått till sitt gästrum och jag gick de knarrande trapporna upp till mitt gästrum. Strax utanför Annas rum stannade jag för att lyssna på hennes närvaro. Vad gjorde hon? Tvättade sina tänder? Hade hon lagt sig mellan lakanen? Stod hon bakom dörren och lyssnade på min närvaro i korridoren?

Med en djup suck stängde jag dörren bakom mig och satte mig på sängen. Rummet kändes kalt och ensamt. Axel och Linnea hade gjort sitt bästa för att göra rummet hemtrevligt, men jag var ändå förskräckligt ensam. Jag tittade på skjortan om det hade blivit någon fläck efter papperskniven. Lyckligtvis inte.

En främmande lukt gjorde rummet lite skrämmande. Jag försökte minnas om den sjuke Fredrik von Dunderholm hade bott i detta rum eller i något av byggnadens otaliga andra rum. Jag kände mig lätt illamående och hoppades innerligt att Linneas utsökta middag inte hade varit skämd.

Fortfarande med skjortan på kröp jag ihop på sängen i fosterställning. Jag försökte låta bli att titta på de dansande skuggorna som avtecknades mot det vitmålade innertaket. En lätt vind fick träden att böja sig i månskenet som om de ville krypa in i rummet via takets skuggor.

Allt jag hade varit med om på Lillböle började samla sig som en klump i min mage. Jag var ensam och jag hade just blivit mördad av Lillböles nya ägare. Vad mera ville denna förbannade byggnad av mig?

Som höjden på gäckandet hade byggnaden placerat min käraste i rummet bredvid. Det irriterade mig att jag kände det så. Men Anna hade varit speciellt vacker under hela kvällen. Och hon hade visat på en skarp slutledningsförmåga, då hon hade varit med om att avslöja mordet på mig. Jag gillade det, för det verkade som om hon var på min sida.

Hur skulle jag visa detta hus att det inte hade knäckt mig? Att jag fortfarande hade min stridsstyrka kvar även om huset ännu i denna dag lyckades skrämma en nästan 50-årig man?

Jag rev upp skjortan och stormade ut i korridoren. Försiktigt knackade jag på Annas dörr. Fastän jag inte hörde hennes svar, tryckte jag ned dörrens handtag och hoppades att hon hade lämnat dörren öppen.

Den var öppen.

Och när jag steg in i hennes rum, hade hon redan lyft på täcket som för att välkomna mig. Jag besvarade hennes hemlighetsfulla leende med ett likadant smil. Lillböles demoner kunde dra åt helvete.

KAPITEL 6

Söndag

Följande morgon åt vi en fantastisk frukost med hembakat bröd på mjöl från en kvarn i närheten, närproducerad ost och Benedictiner-ägg, som fria hönor hade värpt i en annan del av Pojo. Alla märkte att stämningen hade förändrats, även jag själv. Till det bättre.

Jag kunde inte slita mina ögon från Anna. Hur hade jag kunnat glömma hur vacker hon var, och hur väl hon kom överens med alla som satt runt bordet. Även om hon kanske var den som var mest utomstående. Hennes närvaro, all den goda maten, allas goda humör, ja, allt verkade inspirera mig att sjunga. Men till allas lycka lät jag bli att sjunga. Vi hade ju trots allt inte sjungit snapsvisor föregående kväll heller. De andra tog ett glas mimosa till frukosten, men jag lät bli för jag skulle köra rätt snart efter att förmiddag byttes ut till eftermiddag.

Eller var det det fantastiska höstvädret som gjorde att alla var på ett så uppsluppet humör? Gårdagens regn hade bytts ut till ett solsken, som strålade mellan lövträdens delvis kala grenar. Så här på höstsidan betydde klart väder oftast kyliga vindar, men den här dagen fick vi smaka på ren och skär sensommarvärme. Jag skulle bli tvungen att använda solglasögon under bilresan tillbaka till Ekenäs.

"Blev du någonsin utexaminerad från Åbo Akademi, Linnea?" frågade jag. "Det var visst analytisk kemi, som du studerade?"

"Nej, min avhandling är fortfarande på hälft", sade Linnea. "Och jag vet inte när jag kommer att fortsätta med den heller, för det här hotellprojektet tar nu all vår tid och jag hoppas att det ger vårt levebröd också."

"Axel lämnade sitt arbete på bilverkstaden", konstaterade Alvar, och jag undrade om det låg en förebråzende ton i konstaterandet.

"Man kan inte hinna med allt", sade Axel. "Det var en massa att ta reda på när vi började fundera på hotellet. Hur man gör remont, hur man gör bokföringen, vilket reservationssystem man vill använda sig av, marknadsföringen, ja allt."

"Vi skaffade faktiskt en utskriftsapparat, som skapar affischer på lite tjockare papper än vanligt utskriftspapper."

"Är det sant?" frågade jag intresserat. "Jag borde faktiskt skapa en affisch att sätta upp på Bromarfs anslagstavlor. Om att de lokala skulle få samlas för att diskutera händelser i Bromarf för 20 år sedan. Ifall jag på det sättet skulle få en ledtråd till vem den döde är."

"Vi hjälper gärna till med layouten", sade Linnea. "Berätta bara var tillfället är och när, så kan jag skapa en affisch på nolltid."

"Vad vore den bästa samlingsplatsen i kyrkbyn?" frågade jag ifall någon skulle veta. "Tidpunkten kunde vara till exempel redan i övermorgon."

"Kanske biblioteket?" föreslog Alvar. "Det är den klassiska mötesplatsen."

"Jag kan leta upp de virtuella forumen för att via dem få budet åt så många Bromarf-bor som möjligt", sade Anna.

"Jag går till datorn", sade Linnea och försvann till parets arbetsrum för att göra ett förslag till en bra affisch.

Plötsligt var jag full av iver. Det var dags att koncentrera mig på detektivfallet igen. Jag tittade ut genom fönstret mot den solbadande höstträdgården och kände att jag behövde lite lugn och ro.

"Han har den där minen igen", sade mamma. "Alla frågor skall redas ut omedelbart och han får ingen ro innan alla stenar är vända."

"Jag måste ut och ringa ett telefonsamtal", stammade jag och rusade ut i trädgården.

Det var Synnöve Fredenström som jag ville få tag på. Gumman som Selma hade rekommenderat och som kunde berätta något matnyttigt om äldre tiders Bromarf. Den avgiftsbelagda nummertjänsten frågade vänligt om jag ville att de skulle koppla samtalet direkt till Synnöve och jag bekräftade. Jag väntade tålmodigt på de många, långa signalerna, för jag visste att det kunde ta en stund för äldre människor att gå till telefonen.

Hon svarade dock och en stund senare hade jag kommit överens om att träffa henne på Bromarfs kyrkas gravgård vid kvällskvisten. Eftersom det var söndag, skulle hon i varje fall besöka sin avlidne mans grav.

"Här var det härligt", sade mamma bakom min rygg så fort jag hade avslutat samtalet. "Vem hade trott att sommaren skulle säga farväl på ett så här enastående sätt?"

Jag tittade upp mot den värmande solen och hörde tranornas trumpetande ljud någonstans långt ovanför oss. Tranplogen syntes en bit från platsen där jag tyckte mig höra ljudet. Det var en stor plog med tiotals tranor, och alla var på väg mot söder. Mot varmare platser. Även om den här dagen inte borde stöta ifrån någon alls.

"Låt henne inte flyga iväg", sade mamma och gick mot disponentvillan för att hämta sina övernattningsattiraljer. Redan innan jag hann fråga vad hon menade, förstod jag innebörden av hennes meddelande.

Visste hon något om Anna som jag inte visste? Hade de diskuterat sinsemellan så som bara två kvinnor kan göra? Fanns det en risk för att Anna tänkte lämna mig? Vad hade vi egentligen som band oss till varandra? Hurudant vore mitt liv utan Anna?

Det knöt ihop sig i min mage, men det måste vänta. Jag hade ett jobb att sköta. Jag skulle stanna i Västnyland för att reda ut fallet med det oidentifierade liket, medan Anna skulle åka tillbaka till sitt arbete i Helsingfors. Vårt gemensamma tid under veckoslutet i Raseborg och på Lillböle började närma sig sitt slut.

"Kanske vi borde diskutera vår situation nästa veckoslut", mumlade jag för mig själv.

När mamma återvände från disponentvillan, kunde jag inte låta bli att påpeka åt henne:

"Du och Alvar har inte ett särskilt konventionellt förhållande heller. Kanske du inte borde låta honom flyga iväg heller."

"Finns det en risk för att Alvar skulle flyga iväg?" frågade mamma oroligt. Skränandet från de flygande tranorna verkade bekräfta hennes farhågor.

Jag tog mamma i armkrok och ledde henne mot huvudbyggnaden igen.

"Vi är allt ena konstiga varelser vi Österfeltare", sade jag.

När Anna, mamma och jag tog farväl av våra unga vänner och värdar, kändes det som om jag hade slutit fred med Lillböle. Även om jag hade blivit "mördad" under veckoslutet. Och blivit utsatt för ett riktigt mordförsök på ägorna fem år tidigare.

Vi tackade för läckerheterna och den härliga gästfriheten. Mamma skulle träffa Alvar först följande veckoslut, så hon kysste honom ömt på kinden. Det kändes inte särskilt konstigt att se mamma med Alvar längre. Han började vara en del av möblemanget.

"Förresten", sade Anna, vänd mot Axel och Linnea, "... det är en sak ännu som ni kanske är tvungna att åtgärda på något sätt innan turisterna kommer."

"Ja?" ekade Axel intresserat.

"Vägen hit genom skogen är väldigt smal. Om två bilar kommer från motsatt håll och möts på vägen, kan det bli rätt svårt."

"Hon har rätt", sade Axel och tittade bekymrat på Linnea. "Men det är nog ett enormt byggprojekt att göra något åt den saken."

Alvar skruvade på sig och jag tittade lite förargat på Anna, som serverat det svårlösta problemet.

"Ni har gott om tid", sade jag. "Ni löser det på något sätt."

"Vi alla tror att vi har gott om tid", sade Alvar poetiskt.

"Tills vi märker att något har hänt", sade mamma kort. "Livet har hänt oss."

Ekot från en ensam, ylande hund bars över Degersjöns lugna vatten.

*

Även Bromarf badade i senhöstens sol. Luften var friskare än i inlandet, där Fiskars befann sig, men ändå var det lika varmt. Havet hade inte hunnit bli helt kallt ännu. I själva verket brukade många simma i havet länge ännu efter att sjöarnas temperatur hade svalnat bortom alla badförhållanden.

Pappas gamla Nissan hade ännu en gång transporterat mig tryggt genom de branta kurvorna till Bromarf. Även om det inte hade varit frost ännu, hann jag bli lite rädd för halkan. Vägen hade varit full av stora, lönnblad, som gjorde vägen hal även utan isbeläggning.

Så här långt på eftermiddagen var söndagsgudstjänsten sedan länge över och kyrkogården var rätt öde. Eftersom träkyrkan dominerade byn och kyrkogården bredde ut sig runt byggnaden, skulle det bli lätt att hitta till mötesplatsen. Synnöve väntade på mig på gravgården och jag hoppades att inte alltför många gamla tanter skulle göra det svårt att identifiera just henne.

Bilen hittade sin parkeringsplats och jag gick raskt mot kyrkan. Grinden till kyrkogården knarrade som i en klichéfylld skräckfilm, men ljudet fick också en krokig rygg att räta upp sig i rabatten framför en grav.

"Synnöve Fredenström?" sade jag med en frågande röst även om jag visste att det måste vara hon.

Gummans ansikte såg ut som ett russin, men de små rynkorna rätades ut till ett stort leende, när hon tittade på mig.

"Alldeles. Och Ni måste vara detektiven, antar jag."

"Jonas Österfelt", sade jag för att påminna henne om mitt namn.

"Jag har levt länge, men jag tror nog inte att jag har stött på en detektiv förut. Men varför skulle en sådan ha irrat sig hit till dessa lugna trakter. Här har inte hänt något sedan slaget i Rilax. Tills nu, då den där kroppen spolades upp på stranden."

Ett svagt minne från historialektionerna om ett stort sjöslag mellan den svenska och den ryska flottan kröp in på mig, men den händelsen hade knappast något med den 20 år gamla kroppen att göra. För en sekund lät jag min fantasi flöda. Det var en fantastisk tanke att många stora fiendeskepp trängdes på dessa smala fjärdar samtidigt.

"Det är säkert skönt med lite lugn i dessa oroliga tider", påpekade jag allvetande.

"Ni får ursäkta att jag inte skakar hand med dessa leriga händer", sade Synnöve. "Min käre mans grav måste sättas i vinterordning. Även om denna dag är fager, kommer vintern att överraska oss alla även detta år."

Synnöve hade ramat in ett ljungliknande blomsterarrangemang med granris och jag föreställde mig hur de stack upp genom det kommande snötäcket. Kalla kårar fick mig att darra till även om sensommarvärmen fortfarande gassade. Namnet "Fredenström" prydde gravstenens övre kant och en Harrys namn den vänstra halvan. Det var tydligt att Synnöves namn en dag skulle huggas in på den högra sidan. Synnöves make hade enligt dödsdatumet avlidit för 15 år sedan.

"Jag tänkte att vi kunde gå omkring och titta på gravstenarna", sade jag. "Om Ni sedan kunde berätta något minne om släkten ifråga. Speciellt ifall det finns någon koppling till Bromarf för 20 år sedan. Och hoppas att jag får säga du istället för Ni."

"Jovisst, det går bra", sade Synnöve. "Sedan du ringde mig har jag försökt grubbla över vems pojke det kunde ha varit, men jag har inget minne av något försvinnande. Och inte av några främlingar i trakten heller. Visst har vi haft sommargäster under alla dessa år, men nog skulle man ju ha hört något om någon av dem hade försvunnit. Verkligen konstigt."

"Du har inte hört om att någon skulle ha någon koppling till Tavastehus här i trakten?" frågade jag. Det kändes fortfarande betydelsefullt att kroppens DNA verkade ha spår till Tavastland.

"Nej", sade Synnöve förbluffat. "Var den unge mannen från Tavastehus?"

"Jag vet faktiskt inte", sade jag ärligt. "Men jag fick ett litet tips om en sådan möjlighet."

"Jag har inte hört att någon av sommargästerna skulle ha varit från Tavastehus heller."

"Bodde du någonstans här i närheten?" frågade jag försiktigt.

"Jovisst, Harry och jag bodde strax efter Rilax-vägskälet i det där röda lilla huset, ifall Österfelt har sett det. Jag bor där ännu. Så vi kände nog till kyrkbyns familjer, ja. Och jag minns nog 20 år tillbaka mycket väl, för det var strax innan Harry insjuknade. Det var den sista lyckliga tiden, så jag glömmer det inte i det första rappet. Efter det tog det 5 år för honom att komma bort från sina lidanden. Harry alltså, inte den unga pojken. Har du någon speciell, herr Österfelt?"

"Nja, eller jo. Kanske."

"Pah. Man får ju inte fråga längre om den andra har en pojkvän eller en flickvän för det kan vara vadsomhelst nuförtiden. Men trots det kommer det inte klara besked om det finns någon viktig i ens liv eller inte."

"Men jag vet inte riktigt", försökte jag försvara mig.

"Ta reda på det då! Du har väl inte tänkt leva i all evighet?"

"Helt riktigt", sade jag och försökte få tanten att tänka på något annat. "Vad säger du om den här?"

Jag pekade på en gravsten med ett namn på en 60-årig man, som dött för exakt 20 år sedan.

"Pah. Det är gamle Ingfors. De bodde i Öby, vilket är en bit från den intressanta avståndsradien."

Under telefonsamtalet hade jag berättat allt vi visste om kroppen och vilka faktorer som begränsade våra möjliga misstänkta.

"Strömblom då?" frågade jag och pekade på ett järnkors med det namnet.

"De hade en pojke, men han hade bara en arm. Jag har aldrig sett honom ro."

"Naturligtvis", sade jag och började tänka att det här var ett hopplöst företag.

"De där bodde rätt nära oss, och de hade en pojke och en flicka, som nu är i 40-årsåldern. Den ena bor visst i Finby och den andra i Lappvik."

Synnöve pekade mot en gravsten, som det stod "Grönström" på, men inget i det hon hade sagt väckte mitt intresse.

"Tyrselius pojke lever ännu med sin fru nära oss. Deras flicka är nu

i sina 40-år så hon kanske minns något. Hon jobbar i hembygds-
föreningen, så henne vill du kanske tala med. Malvina Ekstedt heter
hon nuförtiden."

Vi gick förbi den Tyrseliuska gravstenen i röd granit mot en ny,
skinande sten med texten "Grönbeck".

"Deras två pojkar var ena riktiga bråkstakar. Den ena går arbetslös
här för tillfället och den andra kommer och går. Antagligen är han i
fängelse emellanåt. Men de är nog i den rätta åldern, för de var unga
pojkar för 20 år sedan."

Det började kännas som om sökandet blev allt svårare. För varje
gravsten öppnades nya möjligheter. Jag behövde något mera konkret.
Snabbt.

"Kanske vi borde koncentrera oss på endast de gravstenar, som
tillhör dem, som bodde närmast fyndplatsen?" föreslog jag. "Alltså
närmast Furutorp strand samt västerut mot brottsplatsen, åt Padva-
hållet."

"Du har säkert rätt. Låt mig se nu", sade Synnöve fundersamt, och
lutade sig mot en ställning med vattenkannor.

Jag tittade förväntansfullt på henne. Doften från liljor samlades över
oss från en grav med någon som alldeles nyligen hade jordfästs.

"Det skulle vara Grönbecks, som jag just berättade om", sade
Synnöve. "Och Tyrselius. Sedan har vi Lönnmans. De hade den där
livsmedelsbutiken, som de slutade med för 20 år sedan. Alla affärer

har försvunnit från Bromarf, kan man tänka sig."

"Sade du för 20 år sedan?" frågade jag intresserat.

"Ja, faktiskt, nu när du säger det, så är det faktiskt för 20 år sedan. Butiken lönade sig inte längre, sade Lönnmans offentligt och alla var väldigt roade. Alla förutom Lönnmans, förstås."

"Varför var det roligt?" frågade jag förbryllat.

"Lönnmans fick det inte att löna sig. Hör du dåligt? Lönn och lön."

"Aha, jag förstår."

"Butiken gick i konkurs och Lönnmans hade det lite knapert tills de gick i pension."

"Någon annan då? Längs stranden?"

"Sedan har vi Gustafssons och Sällströms och Rödling. Och Hjalmar Hellvik, som skötte om allas båtmotorer i tiderna. De bor alla kvar ännu, så du kanske vill intervjua dem. Men Sandhäll och Frilén har flyttat bort."

"Är det någon av dem som äger tomten, där kroppen spolades upp?"

"Nej, kära nån. Det är ju Andfors. Jag tänkte glömma bort honom. Det beror ju på att man aldrig ser honom. Tänk att han har en tom tomt på en sådan paradplats."

"Var bor Andfors någonstans?"

"I Kyrkslätt. Han köpte tomten för 30 år sedan för han ville bygga en stuga där. Men han jobbade hårt och gav sig aldrig tid att sakta ner på farten. Nu är han visst stormrik, men han är så gammal att han inte orkar eller vill bygga något på tomten längre. Han åker hit en gång om året för att titta på sina ägor."

"Hmm", mumlade jag. "Kanske man borde leva så länge man kan och inte bara skjuta upp allting."

"Jag har säkert glömt bort någon, men kanske polisen kan få en lista på dem som bodde där under den tiden."

"Jag hoppas det", sade jag. "Men kanske vi kan titta på deras gravar, ifall du skulle minnas något."

"Absolut", sade Synnöve och försökte räta på sin krokiga rygg, när hon gick vidare. "Vill du kanske komma till mig och äta middag efteråt? Jag har tänkt steka blomkålsbiffar. Jag fick en bra skörd i år."

"Tack, men jag borde nog åka till Ekenäs till kvällen. Det mörknar så väldigt snabbt så här års även om det har varit en härligt ljus dag."

"Det blir senapssås till, kryddad med mynta från trädgården."

"Låter gott, men jag hinner nog inte."

"Nåväl, det är vi äldres lott. Att ständigt få höra orden nej tack."

"Vad brukar du göra om dagarna?" frågade jag vänligt. "Du är i fantastiskt gott skick."

"Jag håller på att bädda för serviceboendet. Det har man ju framför sig förr eller senare. Så jag går varje dag till de små pensionärslokalerna i kyrkbyn för att träffa mina gamla vänner. De bor alla där nuförtiden, antingen i bostäder för självständigt boende eller i åldringsboendet med personal."

"Men du bor hemma ännu?"

"Jovisst, men knappast länge mera. Men det är roligt att utföra ärenden åt kompisarna ännu så länge man orkar och kan."

"Har du barn då? Någon som kommer och hälsar på?"

"Jovisst, dottern kommer ibland till de stora helgerna. Hon är i din ålder. Och hon är inte gift."

Jag log mot krutgumman och beslöt mig för att inte kommentera hennes dotter. Men Synnöve Fredenström var faktiskt i gott skick. Antagligen var hon till och med äldre än de väninnor som hon brukade besöka i åldringshemmet.

"Det här ser ut att vara Sällströms grav", konstaterade jag framför en sten som inte stod rätt upp, utan halvt vågrätt.

"Sällström var lärare här i kyrkbyn i många år innan han dog för några år sedan. Han gifte sig aldrig, men bodde i en sidobyggnad vid stranden. Hans brors familj bor fortfarande kvar där. Ja, eller broderns barn flög ut för många år sedan."

"Hmm, kanske det finns ett samband mellan läraren och de elever, som kanske firade skolavslutningen på Furutorps simstrand för 20 år sedan."

Plötsligt såg jag något alldeles speciellt på den välkrattade gravgården. En liten lönn hade tydligen inte fällt sina gula löv ännu, när trädgårdsmästarna hade blåst löven från marken omkring dem. Nu hade deras löv dock fallit och samlats kring det lilla trädets rötter så att stammen steg upp från en gul bädd. I höstens solsken bländade de gula löven åskådaren så att de såg nästan vita ut. Den kala lönnen såg ut att sticka upp från en snödriva. Som om den var ett skelett av en snögubbe, vars kött hade dalat ner till fötterna. Synen var kuslig på gravgården och jag kände kalla kårar längs mitt eget skelett.

Det började kännas som om mina tankar letade efter långsökta förklaringar och konspirationer i allt jag hörde. Jag var redan på väg vidare, då jag såg att Synnöve hade stannat framför granngraven till Sällströms.

"Det kan inte vara möjligt", sade Synnöve och stirrade på granngraven med texten "Israelsson".

Gumman bleknade och hon verkade till och med lite chockad. Det skrämde mig lite, för jag hade fått för mig att hon hade sett allt och att inget i livet skulle överraska henne mera.

"Vad är det?" frågade jag oroligt. "Berätta!"

Synnöve Fredenströms blick vandrade någonstans i det förflutna och hon lyssnade inte på mig.

"Är det något med Israelssons?" fortsatte jag.

Hennes blick klarnade lite och fäste den långsamt tillbaka i min igen.

"Han bytte identitet", sade hon och tittade på mig som om orden förklarade allting. Eller som om jag kanske kunde förklara det som hon själv just hade konstaterat.

"Vem?"

"Israelsson."

Jag tittade på graven, som berättade namnet på en man, som hade dött för 30 år sedan. Hans hustru hade tydligen dött ett år senare. Det fanns inga andra namn på Israelssons gravsten. Det kunde väl inte vara intressant ur fallets synvinkel. Eller?

"Han ändrade namn när han kom hit. Efter inbördeskriget."

Jag tittade på Synnöve som om hon var spritt språngande galen. Det förskräckliga inbördeskriget hade tagit slut för 100 år sedan. Det kunde väl inte ha något att göra med den unge man som dödats för 20 år sedan.

"Menar du att den här döda mannen kom hit till Bromarf för över hundra år sedan och bytte namn till Israelsson?"

Det kunde stämma in för mannens födelsedatum var vid sekelskiftet. Han hade varit 18 år när inbördeskriget tog slut.

"Ja, man visste det ju inte då. Men ryktena gick. Och dessa rykten dök upp med jämna mellanrum. Även då jag var ung minns jag att de blossade upp emellanåt."

"Men det har väl ingen betydelse?" frågade jag perplext. "Det var omvälvande tider. Namnförändringar var knappast tecken på att något brottsligt låg bakom?"

"Det ryktades att han var en förrymd fånge. Från Dragsvik."

"Fånglägret för de röda?"

"Ja. Att han lyckades fly därifrån och att han slog sig ned här och blev fiskare. Men de bor inte kvar här längre. Israelssons."

Jag suckade. Samtalet började få en konstig vändning. Och en fullständigt ofruktbar vändning om man tänkte på mina brottsundersökningar. Graven var i dåligt skick och hade inga blommor, så det fanns tydligen inte någon kvar av Israelssons i Bromarf, som skulle sköta graven. I själva verken hade den markerats med en käpp, som förklarade att församlingen skulle ta över graven om ingen ville betala för fortsatt skötsel av den.

"Även om han hade flytt från Dragsvik, så var han väl inte en farlig brottsling. De röda var soldater i krig. Och de ville bygga upp ett nytt liv efter kriget. I frid."

Synnöve tittade på mig som om jag var galen.

"Men du förstår inte, herr Österfelt."

"Nej, jag förstår inte. Inbördeskriget tog slut för över hundra år sedan. Jag försöker reda ut vad som skedde med en ung man för tjugo år sedan."

"Men du förstår inte", upprepade Synnöve blekt. "Jag förstår inte. Det stämmer inte."

Med de orden började hon raskt gå bort mot gravgårdens grind. Det verkade som om hon inte brydde sig om ifall jag följde efter henne eller inte. Under några sekunder tittade jag misstroget på Israelssons grav. Sedan såg jag tanten bli allt mindre och mindre, då hon småsprang överraskande snabbt iväg. Hon tycktes ta små skutt, då den krokiga ryggen inte tillät henne att ta ordentliga språngsteg. Snabbt sprang jag fram till henne.

"Är det något du vill säga? Det kan vara viktigt?"

"Jag förstår ingenting. Det kan inte vara så." Synnöve såg skärrad ut. "Jag måste fundera. Jag tar kontakt med dig när jag har fått ordning på tankarna."

Den gamla tanten verkade övertygande så jag lät henne gå. Jag hoppades verkligen att hon skulle ta kontakt med mig senare, för hennes beteende verkade intressant. Det verkade faktiskt som om hon upptäckt något, som kunde vara en viktig ledtråd. Eller så var det något som var så absurt som en koppling mellan inbördeskriget och ett dödsfall nästan 80 år efter att kriget tagit slut.

Solen höll på att försvinna bakom havets horisont och det började genast kännas svalare. Jag hörde gravgårdens grind knarra bakom mig och jag vände om mig. En medelålders man kom från gravgården och jag insåg att han hade bevittnat min sprint efter Synnöve. Han tittade argt på mig som om jag, en främling, hade förolämpat byns ikon.

Om han inte hade sett så arg ut, hade jag frågat honom vart det lönade sig att spika upp affischerna till sammankomsten följande tisdag. Men kanske det var bäst att jag hittade byns bästa anslagstavlor på egen hand. För nu verkade det som om något började hända.

KAPITEL 7

Måndag

Följande dag var full av program samt förberedelser inför sammankomsten i Bromarf. Affischerna var framlagda på Bromarfs centrala platser och Anna hade redan placerat information på olika relaterade forum på Internet. Jag ställde mig lite skeptiskt till Internets möjligheter i detta fall, för de intressanta medverkande skulle vara äldre personer som använde sig av andra medel än Internet. De skulle få höra om minnessammankomsten via grannar och skvaller. Därför var tidsfristen, ett dygn, säkert alltför kort. Men i varje fall hade jag försökt. Och sammankomsten förväntade inte skada de formella undersökningar som polisen utförde.

Så fort jag hade anlänt till Ekenäs föregående kväll, hade jag följt Anna till tågstationen. Hennes jobb väntade följande dag i Helsingfors, medan jag skulle fortsätta mina undersökningar i västra Nyland. På perrongen hade vi kramat varandra speciellt ömt, och det hade känts bra. Som om vår natt på Lillböle äntligen hade öppnat en bitter fördämning. Och att vi hade en period av avkopplande sammanhörighet framför oss. När jag hade vinkat åt henne på det avgående tåget, hade jag genast undrat när jag skulle få se henne igen. Hur kort tid det än var tills dess, var det alltför länge. Jag försökte tolka hennes min i ansiktet som försvann på väg mot Karis och Helsingfors. Skulle hon sakna mig lika mycket som jag redan saknade henne?

Under natten lyckades jag dock koppla Anna bort från mina tankar. Det uppspolade liket och en handlingsplan började träda fram inom mig. Det fanns saker som jag kunde påverka och det fanns ledtrådar som jag inte kunde göra något åt. När jag hade samlat fram all data som jag förväntade mig, skulle jag jämföra det med Stefan Rundbergs utredningar och förhoppningsvis skulle vi hitta något tillsammans. Det fanns många utredningstekniska detaljer som han kunde luska fram mycket bättre än jag. Såsom till exempel en komplett lista på ägarna till strandtomter mellan Bromarf och Padva enligt äganderegistret för 20 år sedan.

Allt som jag forskade i, baserade sig ändå på antagandet att den unga pojken hade dödats efter en fest för 20 år sedan. Att mördaren hade lastat liket i en roddbåt och rott till den plats, där liket hade dumpats. Kanske skulle hela teorin och utgångspunkten visa sig vara fel, men tills dess fick jag jobba enligt det jag hade.

Under morgonens tidiga timmar hade jag smakat på de olika släktnamnen, som Synnöve Fredenström hade serverat. Grönbeck, Tyrselius, Lönnman, Gustafsson, Sällström, Rödling, Hellvik och Andfors. De hade tydligen bott vid stranden för 20 år sedan och jag hoppades att den listan skulle synkroniseras väl med den systematiska lista som Stefan skulle ta reda på. Var mördaren någon av dem? Hade offret haft något att göra med dessa släktnamn? Och vem var egentligen Israelsson, vars namn hade skrämt Synnöve? Min instinkt sade att Israelsson var viktig och att jag borde forska mera i det som jag hade fått höra om den släkten. Även om det inte ännu tycktes finnas något samband mellan dem och det som hade skett för 20 år sedan.

Genast efter frukosten ställde jag mig vid fönstret med mobiltelefonen i handen. Jag ringde upp Stefan medan jag tittade på de kala björkkvistarna, som böjde sig under den kraftiga höstvinden. Det regnade åtminstone inte, men det såg så ruskigt ut att jag var nöjd över de tjocka väggarna.

"Stör jag?" frågade jag av Stefan, som troligtvis var på sin arbetsplats redan. Han jobbade på polishuset i Formanshagen.

"Nej, jag studerar som bäst DNA-analysen av kroppen. Resultaten kom just in."

"Något nytt? Har man lyckats identifiera kroppen?" frågade jag förhoppningsfullt.

"Nej, tyvärr", sade Stefan surt.

"Han kom inte från Tavastehus?"

"Nej, det preliminära resultatet sade bara att hans DNA-karta har anor till Tavastland. Det kan betyda vad som helst."

"Säger resultatet inget närmare?"

"DNA-kartan berättar bara sannolikheter. Det verkar som om hans far- eller morföräldrar skulle ha starka band till Tavastland. Så det kan betyda vad som helst. När det blev lättare att resa i Finland, kom pigor och drängar från fjärran regioner och slog sig ned i trakten. På det sättet blev det mindre inavel."

Jag tystnade och en idé började utformas.

"Vad är det?" frågade min polisvän när jag inte fortsatte

diskussionen.

"Likets far- eller morföräldrar. Det låter som en koppling till 1918..."

"Ja, vad har det med saken att göra? Det låter som inbördeskriget. Eller Finlands självständighetsdag året innan."

Jag berättade att den lokala tanten Synnöve Fredenström hade serverat ett spår till Israelssons och att det hade något med inbördeskriget att göra. Att jag kanske borde studera fånglägret i Dragsvik, ifall någon fånge hade kommit från Tavastehus.

Det var Stefans tur att vara tyst en stund.

"Jag förstår inte vad det kan ha att göra med den där pojkens död många år senare", sade Stefan pessimistiskt. "Men det kan väl inte skada att titta närmare på den ledtråden."

"Kan du ta reda på om Israelssons bodde vid stranden, inom roddavstånd från Furutorps simstrand?" frågade jag.

"Naturligtvis", sade Stefan beskt, som om jag hade tvivlat på hans talanger.

"Fint. Kommer du till Bromarf i morgon kväll?" frågade jag. "Jag har bjudit in de lokala till bibliotekshuset för att minnas Bromarf för 20 år sedan."

"Det låter som om det kunde vara nyttigt för mig att vara på plats", sade Stefan fundersamt. "Jag skall diskutera med min förman om jag borde vara officiellt i polisuniform eller om det är bättre att jag är närvarande som en privatperson."

"Okay", sade jag. "Vi ses i morgon då!"

Jag stängde av mobiltelefonen och överraskade mamma, när hon betraktade mig där jag stod vid fönstret.

"Du har säkert stött på din farfars farbror i dina släktforskningar", sade mamma med en bister min.

"Det var han som dog i inbördeskriget, Anselm Österfelt?"

"Ja. Likt många andra bland Fiskars bruks arbetare anslöt han sig till de röda under inbördeskriget. När kriget var slut, internerades han på ett fångläger i Sveaborg. Fiskars bruks patroner ville gärna få hem sina arbetare igen, och de lobbade för en amnesti åt de lokala röda. Anselm hann dock begå självmord innan amnestin beviljades."

"Det var visst förskräckliga tider", sade jag apatiskt.

"Det sades att han inte kunde leva med de grymheter som han bevittnade på fånglägret."

"Det kan jag tro", sade jag och tittade tillbaka ut mot den stormiga, mörka höstdagen.

"Hörde jag rätt?" frågade mamma med en anklagande ton. "Det där telefonsamtalet. Att du tänker gräva upp de där hemskheterna som det har tagit generationer att komma över?"

"Om det finns något nytt att gräva upp, är det säkert en sanning som

98

är värd att berätta", sade jag försvarande. "Om något har hänt, måste det avslöjas för att det inte skall hända igen. Om det finns något ont, måste det blottas för att det skall kunna bli besegrat."

"Nåväl", sade mamma lågt. "Men lova mig att du är försiktig. Det ligger i våra gener, ser du. I vårt DNA."

"Vad då?" frågade jag oroligt. "Ondskan?"

"Jag vet inte det. Men det är en allmänt accepterad sanning att vi här i Västnyland inte diskuterar 1918 och Dragsvik. Det är ett ämne som vi alla vill undvika."

Med de orden gick mamma ut ur rummet och hon lämnade mig kvar med en obekväm känsla. Utmarschen var hennes sätt att undvika ämnet. Själv var jag mera övertygad än någonsin att jag måste lära mig mera om Israelssons och varför både mamma och Synnöve Fredenström var så skräckslagna då det gällde gamla krigsminnen, som inte ens var deras egna minnen.

Och jag visste precis var jag skulle leta mera om den saken.

*

"Fantastiskt att vi kunde ordna den här intervjun redan idag", sade jag belåtet, medan jag körde längs Raseborgsvägen förbi Ekåsens gamla sjukhus.

"Nöjet är på min sida", sade Bruce Lundberg från passagerarsätet. Han kramade om sin portfölj så hårt att det såg ut som om pappas lilla Nissan var för liten för både honom och hans papper.

Bruce var dock inte någon stor man. Han var klädd i en alltför stor kostym, vilket fick honom att se ännu mindre ut. Han var också betydligt yngre än vad jag hade förväntat mig av en lokalhistoriker. I själva verket såg Bruce ut som om han fortfarande höll på att studera till historiker eller filosofie magister eller vad hans titel än skulle bli. Hans yrkeskunskap var dock redan så utbredd att jag omedelbart hade förstått att det var honom jag borde kontakta.

Bruce Lundberg hade under ett års tid låtit publicera en artikelserie i lokaltidningen om västra Nylands historia. Lokaltidningen hade i hopp om nya läsare gärna tagit emot en ung historikers synvinkel på regionens historia. Bruce hade till och med i TV-sändningar fått kommentera aktuella händelser ur historisk synvinkel.

"Som sagt, jag behövde ett litet fältbesök för att damma av mina arkivstudier", fortsatte Bruce.

"Det var alltså där det hände", sade jag och pekade på de bastanta byggnaderna i röda tegel. Vi körde förbi Nylands brigad, där beväringar undervisades i försvarskunskaper på svenska.

"Alldeles", bekräftade Bruce. "I de där byggnaderna interneras beväringar idag, men för 100 år sedan var de fängelsebyggnader för de röda. Min mormor brukade säga att teglen var röda av de rödas blod."

"Så de lokala i Ekenäs med omnejd kände till fånglägrets existens?" frågade jag.

"Man höll tyst om saken, och speciellt efteråt tystades saken ned. Men de rödas arv, deras politiska partier, lobbade för ett minnesmärke och det förverkligades långt efteråt. Men jag vill nog påstå att de lokala kände till lägrets existens även om de inte pratade högt om det. Och min mormor var aldrig rädd för att prata ut om saker och ting som inte ansågs vara lämpliga samtalsämnen."

"Men det låter ju som efterkrigstidens Tyskland", sade jag hätskt. "De lokala sade att de inte visste om att det fanns koncentrationsläger på grannens tomt."

"Man vill antagligen förneka obehagliga saker och vissa till och med lyckas med det. De är alldeles övertygade om att något hemskt överhuvudtaget inte har skett."

"Faktum är att under min beväringstid här på Dragsvik, nämndes det aldrig att garnisonen fungerat som ett fångläger åt de röda år 1918."

"Jag tror nog att befälet skulle ha berättat om fånglägret om någon beväring skulle ha frågat", sade Bruce bestämt. "Men det är få som frågar, när den främsta lärdomen är att man helt enkelt bara skall lyda."

"Jag läste faktiskt på Internet om de hemskheter som pågick här. Där fanns också artiklar som kategoriskt försöker förneka alla påståenden om hemskheterna. På samma sätt som det finns instanser som vill förneka holocaustens existens."

Mina tankar om judendom förde mig till namnet Israelsson, men jag beslöt mig för att ta upp den aspekten med Bruce först senare.

"Ja, de värsta berättelserna har varit svåra eller omöjliga att verifiera. Men faktum är faktiskt att av de drygt 8500 röda som internerades här år 1918, dog en tredjedel i de förskräckliga förhållandena."

"Det är otroligt att beväringarna under alla dessa år inte har rapporterat några spökupplevelser i de kala, mörka garnisonernas korridorer."

"Som historiker kan jag inte ta ställning till några spökhistorier. Men ju mera jag lär känna historien kring Dragsvik, desto obehagligare känns det att passera de där byggnaderna i röda tegel."

"Kanske det är den obehagliga känslan som man vill undvika, när man stöter bort historierna och minnena kring inbördeskriget."

"Vilka åtgärder som än tas för att undvika framtida krig, är rätta åtgärder", sade Bruce bestämt. "Vår nutida uppgift är att bekämpa all ondska, både nuvarande och möjligen kommande ondska. Därför behövs vi historiker. För att vi skall påminna människor om den förgångna ondskan, så att den kan identifieras i tid."

"Något har hänt, och får inte hända igen."

"Precis."

Mina tankar gick tillbaka till armétiden. Vi hade blint utfört order och det enda som hade drivit oss vidare var tanken på veckoslutets permission. Varje morgon räknade vi dagarnas antal tills vi skulle bli hemförlovade. I väntan på permissionen gottade vi oss åt munkar med eller utan glasyr. När beväringstiden varit förbi, hade vi då verkligen lärt oss hur vi skulle försvara oss mot ondskan? Vi hade lärt oss att kämpa mot fienden, men hade vi blivit förberedda på att ondskan kanske dök upp inom landets egna gränser? Att vi plötsligt kunde förväntas bekämpa landets egna medborgare på samma sätt som inbördeskriget hade gjort bröder till fiender? Hade de dystra, röda murarna i Dragsvik gett oss den lärdomen även om ingen hade velat berätta fånglägrets mörka historia för oss?

Den lilla vägskylten till minnesmärket förde oss till en sandväg och Bruce fortsatte.

"Någon säger att de 3000 döda fångarna dog av svält medan andra säger att de dog av sjukdomar. Någon påstår att sjukdomarna drabbade dem för att de var undernärda. Någon förundrar sig över att de dog av törst även om vattentornet där borta just hade blivit byggt. Faktum är dock att de dog. Och att dödligheten var större än på andra fångläger i Finland. När så många dör kan man fråga sig om det finns en ondskefull vilja bakom dödsfallen snarare än olyckliga omständigheter."

"Spanska sjukan härjade visst i trakten år 1918?" kommenterade jag.

"Det stämmer och den dödade många lokala även om de inte var internerade. Men ändå är det svårt att frångå förhållandena i Dragsvik."

"Jag läste att deras kläder inte tvättades och att de sov på bara golvet

103

i barackerna. Att lössen spred sjukdomar."

"Alldeles. De smutsiga fångarna kunde se det rena vattnet i viken från några meters avstånd men stängslet hindrade dem från att bada."

"Omänskligt", väste jag.

"Någonstans här uppe på åsen grävdes en massgrav, dit 3000 kroppar lämpades", sade Bruce torrt. "Lyckligtvis var sanden mjuk och lätt att gräva i."

Jag tittade mot lingonris och blåbärsris, som fått granna röda färger av höstkylan. Lingonrisen hade plockats rena från bär för länge sedan, men bland de få blåbärsrisen hängde stora, tunga, vattniga blåbär, som ingen hade velat ha. Jag undrade om de svältande, törstiga fångarna inte ens hade lyckats plocka några bär åt sig under sensommaren 1918. Antagligen hade de inte fått en möjlighet att stilla hungern ens med dessa minimala munsbitar.

Själv mindes jag hur jag och min syster som små hade avskytt att plocka bär i skogarna. Det hade varit ett otrevligt tvång även om vi gärna åt lingonsylt och drack blåbärssaft. Det minnet av tvångsplock var nu mycket mera behagligt än det omöjliga som hade inträffat här i Dragsvik hundra år tidigare. Jag började förstå hur man omedvetet förträngde obehagliga saker.

Jag parkerade bilen och vi gick fram till monumentet i röd granit. Reliefens figurer påminde mig om bilder av Sovjetunionens hjältar, men jag var inte intresserad av monumentets utseende eller text. Jag var mera intresserad av de stupades namn, som var inetsade i stenarna.

"Kanske vi borde gå in på ditt specifika ärende", sade Bruce Lundberg målmedvetet.

Den kraftiga höstvinden tog tag i hans stora kläder så att de såg ut att blåsas upp till ännu större plagg. Och Bruce själv såg allt mindre ut. Han öppnade sin portfölj och tog fram en bärbar dator. Det kändes lite konstigt att se en historiker framför en dator, för jag hade föreställt mig att portföljen var full av papper.

"Jag försöker följa en ledtråd som kanske har med Dragsvik att göra", förklarade jag. "Det gäller en man i Bromarf, som kanske var en förrymd, röd fånge från fånglägret. Han startade ett nytt liv i Bromarf, men ryktena följde honom under hela hans livstid. Det är också möjligt att han ursprungligen var från Tavastland. Och en möjlighet är att han antog namnet Israelsson, när han slog sig ner i trakten. Nu finns de tydligen inte kvar längre, så jag kan inte fråga närmare upplysningar av deras vänner eller släktingar. Det är i ett nötskal det som jag vill hitta nya spår till."

Bruce tittade intresserat på mig och hans blick seglade över de inetsade namnen på minnesmärket. Han verkade studera extra noggrant de namn som började med bokstaven I, och han konstaterade snabbt att det inte fanns någon med namnet Israelsson.

"Det finns en hel del som vi kan kolla rätt snabbt", sade historikern. "På Internet finns en databas över alla dem som dog under inbördeskriget, eller frihetskriget som det ibland kallas för. Det finns för övrigt också en öppen databas med sökmotorer över dem som stupade i vinterkriget och fortsättningskriget."

Bruce knapprade vant på datorns tangentbord och en tjänst med olika sökvariabler dök upp på skärmen. Han matade in namnet "Israelsson" i tjänsten, men fick inga träffar. När han matade in hemort "Tavastehus", fick han fram en lista på namn med släktnamn, förnamn, födelsedatum, hemort, dödsdatum, dödsort och dödsorsak. Listan innehöll obehagligt många namn, och dödsorsakerna varierade mellan död på fångläger, arkebusering, stupad i strid och okänd. Vi insåg att listan kunde göras hur lång som helst om man lade till Tavastehus grannkommuner. Bruce matade in både hemort Tavastehus och dödsort Ekenäs, och det blev en del träffar. Kunde den förrymda fången, som senare antog namnet Israelsson, representera något av dessa namn? Även när han matade in hemort Tavastehus och dödsort Bromarf blev det träffar. Inga namn verkade bekanta. Det började kännas som att leta efter en nål i en höstack.

"Namnet Israelsson säger mig faktiskt ingenting", sade Bruce med en besviken röst. "Och jag har faktiskt undersökt alla de västnyländska stupades öden tillsammans med mina kolleger. I studierna minns jag också att det talades om en förrymd fånge, som slog sig ned i Bromarf, men det förknippades aldrig med ett konkret namn."

"När gick dessa rykten?" frågade jag nyfiket. "Genast efter inbördeskriget eller först senare?"

"De blossade upp senast för ungefär 20 år sedan", svarade Bruce fundersamt. "Det var i samband med ett ökänt mord, som en förrymd finländsk fånge utförde i Sverige just då."

"Fanns det något samband mellan ryktena och Sverige-fallet?"

"Nej, inte alls, men det bara pratades allmänt om förrymda fångar under tidernas lopp just då."

Kunde det vara en slump? Skvallren för 20 år sedan om den förrymda Dragsvik-fången 80 år tidigare och faktumet att den unga pojken mördades för 20 år sedan? Det började kännas som om det brände, men samtidigt blev tanken allt mera absurd.

"Okay, men vad säger du om Tavastehus-länken då?" fortsatte jag.

"Det fanns säkert massvis med röda fångar från Tavastland i Dragsvik. De vita, som hade vunnit kriget, ville placera fångarna rätt avlägset från fångarnas hemtrakter."

"Varför det?" frågade jag förbryllat.

"För att de anhöriga inte skulle besöka dem alltför lätt. Och för att de inte skulle känna till lokalförhållandena kring lägret, ifall de lyckades rymma. Man ville helt enkelt isolera dem från deras ursprung."

"Låter logiskt. Men grymt."

"Det betydde samtidigt att de västnyländska röda fångarna ogärna placerades i Dragsvik, utan de internerades istället främst på fånglägret i Sveaborg."

"Men det fanns alltså ingen Israelsson på Sveaborg heller?"

"Nej. Men jag kunde naturligtvis göra en sökning till med hemort Tavastehus och dödsorsak "försvunnen", ifall det skulle berätta något om den person, som kanske antog namnet Israelsson."

Bruce matade in även dessa sökvariabler och vi tittade på en omfattande lista. Inget av namnen sade mig någonting, och även här insåg jag att samma sökning borde göras även med de andra kommunerna i Tavastland. Jag beslöt mig för att ta upp den sista ledtråden innan jag släppte Bruce Lundberg iväg.

"Om vi bortser från den förrymda fångens härkomst och istället koncentrerar oss på det som skedde när han kom till Bromarf. Han gifte sig rätt snart och fick en etablerad ställning i samhället. Vad kan vi dra för slutsatser om hans val av efternamn? Israelsson?"

"Ja, det är inte något vanligt namn precis", sade forskare Lundberg. "Och namnet har faktiskt inget att göra med varken staten Israel eller judendom. Vi måste gå tillbaka till början av 1800-talet för att förklara namnet."

"Ledtrådarna tycks föra mig allt längre och längre bak i tiden", stönade jag. "Men det gör inget. Jag har varit intresserad av släktforskning sedan en tid tillbaka. Jag har anor till smederna i Fiskars."

"Oj, det var spännande", sade Bruce högaktningsfullt och jag rätade stolt på ryggen. "Vi kan faktiskt börja där. I Fiskars utövade smederna alltså ett yrke, vilket betydde att de hade rätt att använda ett exotiskt, påhittat släktnamn. I släktforskningen har du säkert lagt märke till att kyrkböckerna i yrkesidkares fall använder ett släktnamn, medan de allra flesta vanliga människor hade ett släktnamn som berodde på faderns förnamn. Det gäller till exempel alla medborgare, som jobbade inom jordbruket, alltså praktiskt taget nästan alla."

"Om faderns förnamn var Johan, blev sonens släktnamn Johansson och dotterns släktnamn Johansdotter", sade jag intresserat. "Jag minns nu att jag ibland har stött på förnamnet Israel. Betyder det att vår mysteriemans fars förnamn var Israel?"

"Tyvärr tror jag inte det", sade Bruce och jag suckade. "I de västnyländska jordbrukskommunerna antog även de övriga yrkesgrupperna påhittade släktnamn redan i början av 1800-talet, alltså hundra år innan händelserna i Dragsvik. Samma gäller nog också för Tavastland."

"Så pappas-förnamns-son-namnen tog slut i början av 1800-talet?" frågade jag.

"Nej, som du vet har många namnet Gustafsson, Johansson, Mickelsson och Jakobsson även i dessa dagar. Många valde att inte ta ett påhittat släktnamn i början av 1800-talet utan de helt enkelt fryste det namn som de hade just då. Om en man hette Alexander Johansson, blev även hans sons släktnamn Johansson istället för Alexandersson. Eller så antog sonen ett helt nytt, påhittat släktnamn."

"Så dagens Johansson härstammar helt enkelt från en förfader vid namn Johan som fick en son?"

"Precis. Men alla Johanssons härstammar naturligtvis inte från samma Johan, alltså de behöver inte vara släkt med varandra. På samma sätt var det många som valde att ta namnet Lundberg utan att de visste om varandra, och de var därmed inte släkt med varandra även om de hade samma släktnamn. Men ditt släktnamn, Österfelt, är nog så sällsynt att jag tror nog att alla Österfeltare är släkt med varandra."

"Så därför är det inget dramatiskt med antagandet att den förrymda fången antog namnet Israelsson?"

"Nej. Antagligen promenerade han på kyrkogården, såg att det fanns begravda med förnamnet Israel och han antog Israelsson som släktnamn utan att någon antog honom vara son till någon lokal Israel."

"Han gjorde dock ett litet misstag. Om han kom från Tavastehus, visste han inte om Israelsson var ett vanligt eller ovanligt släktnamn i Västnyland. Han hoppades antagligen på att det var ett vanligt namn, för att han inte skulle urskiljas från mängden. Det gick inte så, för hans val av namn var rätt ovanligt."

"Jag tror det också", erkände Bruce. "Eftersom jag inte har stött på det släktnamnet här i Västnyland, tar man för givet att namnet pekar på någon inflyttad. Och det var kanske inte det som den förrymda fången ville. Men i varje fall blev det inget strul med det, för som sagt, ingen har kombinerat ryktena om den förrymda, röda fången med ett konkret namn. Förrän nu."

"Det verkar så", sade jag fundersamt och undrade för mig själv vad jag skulle göra med alla nya upplysningar.

Allt baserades fortfarande på teorier och jag hade fortfarande ingen aning om vart teorierna skulle leda mig. Det fanns fortfarande ingen annan länk mellan den förrymda fången, namnet Israelsson och den döda, unga pojken. Det enda jag visste var att Synnöve Fredenström hade blivit skärrad över något, som hon inte ville berätta. Jag kunde bara hoppas på att hon skulle ta kontakt med mig så fort hon hade fått ordning på tankarna, för det hade hon lovat. Kanske hon till och med skulle dyka upp på minnestillfället följande kväll. Jag hoppades verkligen att det skulle leda till något.

När jag såg den till synes oändliga listan på avlidnas namn på minnesmärket, slogs jag av en tanke. Om den döda pojken hade något med inbördeskriget att göra, skulle även hans namn i något skede hackas in på monumentet? Skulle hans namn läggas till i databasen över inbördeskrigets offer? Hur långt efteråt kunde en hundraårig ondska drabba efterkommande? Om något har hänt, betyder det att något kommer att hända även i nuet och i framtiden?

Den lokala historikern tittade fundersamt på mig och jag kunde inte låta bli att undra om han gjorde slutsatser om mig utgående från det som han visste att har hänt. Han packade in sin bärbara dator i sin portfölj igen just innan det började dugga. Vi gick tillbaka till den parkerade bilen.

En iskall vindpust förmådde inte lyfta åsens våta sand. Massgravarnas ben skulle få vila i frid. Utan att de spolades upp på en främmande strand.

KAPITEL 8

Tisdag

Det stormiga vädret på Finska viken bromsades av de många holmarna samt Hangö udd, men det lyckades ändå välla fram ansenliga vågor mot Skärgårdshamnen och Furutorps simstrand. Både träd och Vättlaxvägen befann sig mellan mig och havet, men inget tycktes hindra havets mäktiga närvaro. Jag stod på Bromarfs biblioteks terrass och log vänligt åt alla okända ansikten som passerade mig. De tittade nyfiket på mig, för antagligen visste de att det var jag som var främlingen. Den okända Österfelt, som hade bjudit in dem till minnestillfället i bibliotekets seminarierum. De som ville säga något, mumlade något om stormiga höstdagar och jag svarade något om att vintern stod vid dörren.

Visst var de ovana med att se utsocknes gäster så här års och visst var de nyfikna på vad det konstiga tillfället gick ut på. Men visst verkade de också nöjda över att någon överhuvudtaget ordnade något i den sömniga lilla kyrkbyn.

Min blick spanade ännu över Vättlaxvägen mot kyrkan för att se om någon höll på att närma sig i sista stund. Till min stora besvikelse hade Synnöve Fredenström inte dykt upp och jag undrade tyst för mig själv om jag borde besöka henne efter tillfället. Jag sneglade också mot parkeringsplatsen, där jag såg att Stefan Rundberg satt i sin privatbil. Han hade meddelat att han skulle komma till platsen som privatperson men att han inte ville störa tillfället med polisens auktoritära närvaro. Han skulle vänta på parkeringsplatsen ifall jag mot förmodan skulle

112

behöva honom och han ville även gärna höra mig om de pinfärska uppgifterna så fort tillfället var över. Jag nickade mot honom i hans bil och han nickade tillbaka.

Väl inne i seminarieutrymmet kände jag ett tiotal personers blickar borra sig i mig och en sorts uppträdandepanik bubblade upp inom mig. Rummet var egentligen en sorts tambur till biblioteket, som var stängt och avskilt från vårt tillfälle. Någon hade varit vänlig nog att placera två bord och stolar i tamburen.

Trots min nervositet var det lätt att börja med att tacka dem för deras närvaro och när de log mot mig, lättade stämningen. Jag förklarade vem jag var och att jag i samarbete med polisen samlade in lokalas minnesfragment från tiden 20 år tillbaka. Alla hade förstått att tillfället hade ordnats för att försöka reda ut identiteten på den kropp, som hade flutit upp på Bromarfs strand.

"Tack för att så många av er kom", sade jag och tittade tillbaka på seminarierummets dörröppning för att försäkra mig om att tillfället var öppet även för dem som anlände senare. Bruset från vågorna hördes ända in och alla behöll sina ytterkläder på sig.

"Vi försöker alltså identifiera offret och ett led i de undersökningarna är att försöka identifiera olika ungdomar som levde i Bromarf för 20 år sedan", fortsatte jag. "Och speciellt intresserade är vi av dem som bodde längs Kyrkviken mellan Padva och Kårböle. Jag ser att någon av er har till och med fotografialbum med sig. Jättefint."

"Jag var ung just då och jag tog en hel del fotografier. Börje

Grönström heter jag", sade en kort, bastant man, som såg ut att vara lite yngre än jag. "Nuförtiden bor jag i Finby, men jag bodde en bit härifrån under den tiden. Min syster är ett år yngre än jag, och hon bor i Lappvik, men hon kunde inte komma ikväll. Hon har flera fotografier om det här utredningssättet visar sig vara framgångsrikt."

"Fantastiskt", sade jag entusiastiskt och ställde mig vid ett bord, där några fotografialbum låg. Börje öppnade ett album och ett tiotal ögonpar började samlas runt bordet för att identifiera olika ansikten på fotografierna.

"Tack och lov för gamla, hederliga pappersfotografier", sade en äldre kvinna med en rödblommig scarf. "Jag hade fyra års fotografier på datorn, men alla försvann när manicken kraschade i våras. En hel generation av fotografiminnen är i fara för tillfället, när ingen tycks arkivera sina bilder i ett skapligt format. Gurli Lönnman heter jag."

"Det var ni som hade butiken här i byn", konstaterade jag. "Den som slutade."

"När den inte var lönsam längre", bekräftade Gurli. "Jag gick i handelsläroverket för att kunna ta över pappas butik, men nu får jag nöja mig med att pendla till Tenala."

"Var glad över att du har ett arbete", sade en man i pensionsåldern. Hans vindbitna ansikte visade inte om han var bitter eller om han var glad. "När jag pensionerade mig ifjol från båtbranschen, flyttades all verksamhet till Ekenäs. Min unga arbetskamrat, som just blivit pappa, blev arbetslös."

Jag förstod att den pensionerade båtmotormontören var Hjalmar Hellvik, som Alvar Nordsund på Lillböle gård hade hänvisat till. Hans hår var så kolsvart att han såg rentav exotisk ut. Som om hans rötter fanns långt från Västnyland.

"Här är ett fotografi från min avslutningsfest för 21 år sedan", sade Börje stolt. "Oberoende av om de Bromarf-unga hade utexaminerats från handelsläroverket, yrkesskolan eller gymnasiet, samlades vi här på Furutorp. Det var en lättnad att inte behöva åka skolskjuts ända till Ekenäs längre. Skolorna var ju där redan då."

Ett helt uppslag var tillägnat avslutningsfesten och jag såg otaliga glada miner på stranden. Vissa bilder var tagna i eftermiddagens solljus och vissa bilder i kvällsmörkret. Hälften av bilderna föreställde poserande par och hälften var gruppbilder på Furutorps strand. Alla bar på festkläder, men bara ett fåtal poserade i vita mössan. Förklaringen var dock uppenbar.

"När vi Pojo-bor blev studenter, samlades vi på Knipan i Ekenäs", påpekade jag. "Jag antar att Bromarfs studenter gjorde lika."

"Alldeles", förklarade en åldrig tant. "De anlände oftast sent på kvällen om de inte hade övernattningsmöjligheter i Ekenäs. Jag är svägerska till Bror Sällström, som länge fungerade som lärare här i Bromarf. Han dog för några år sedan."

"Det här är Bror", förklarade Börje och pekade på ett fotografi, där en man poserade värdigt. Han såg betydligt äldre ut än de andra festklädda. "Bror brukade alltid dyka upp på Furutorp, även om han hade undervisat eleverna här långt tidigare, i grundskolan. Det brukade vara en tradition, som de unga verkligen uppskattade. För många var det den sista länken till barndomens Bromarf innan de åkte till andra orter för att studera."

Med speciellt intresse tittade jag på de unga männen i festkläder. Kunde offret vara ett av dessa ansikten?

"Vet ni vad det blev av alla dessa unga män?" frågade jag försiktigt. "Var det någon av dessa som ni inte har hört av sedan den där kvällen på Furutorps strand?"

"Det där är Torsten och Torbjörn Grönbeck", sade en välklädd dam och pekade på två ynglingar, som Synnöve Fredenström hade beskrivit som bråkstakar. "Det där är jag, Malvina Ekstedt. Jag gick på samma klass som Torbjörn så det är han som har lite bättre kläder på sig. Hans yngre bror Torsten dök upp på stranden även om han inte blivit utexaminerad från någon skola just det året. Båda två bor här i trakten, så den döda mannen är inte någondera av dem."

"Var det Torsten eller Torbjörn som plötsligt fick dålig hörsel?" frågade Börje fundersamt.

"Det var nog Torbjörn", sade Malvina med en röst som lät som om hon tvivlade på sitt eget minne.

"De blev allt mera i luven på varandra. Torbjörn irriterade sig på att han inte hörde Torsten, och Torsten irriterade sig på att han inte blev hörd. Det var nog lite synd om bröderna, faktiskt."

"Där har vi Folke Strömblom", sade Bror Sällströms svägerska och pekade på en ståtlig man. "Märker ni hur han poserar så att man inte skall se hans förlorade arm?"

"Hur blev han av med ena armen?" frågade jag och mindes Synnöves kommentar att denna unga Strömblom inte brukade ro.

"Det var medfött", visste Börje. "Det hade något med arvsanlagen att göra, men han led inte av det. Han är visst en framgångsrik dataprogrammerare i Esbo nuförtiden."

Mina tankar gick till DNA-ledtråden, som ledde till Tavastehus. Fanns det en koncentration av enarmade män i Tavastehus-trakten?

"Det där är jag", sade Börje. "Och min bästa vän Kalle Sandhäll samt Kalles granne Krisse Frilén, som alltid ville ta sin hund med sig, vart han än gick. De har båda flyttat från Bromarf, men så pass många år efter avslutningsfesten att offret inte kan vara någondera."

Jag började känna mig frustrerad, då inget verkade leda till något. Alla unga män var identifierade och någon visste något om dem alla. Det verkade uteslutet att offret var någon av dem.

"Jag minns honom", sade Gurli plötsligt. Hon pekade på en pojke, som vi hade förbisett, för man såg bara hälften av hans ansikte på fotografiet.

"Det gör jag också", utbrast Börje. "Men jag minns inte vad han hette. Han var en av de där gråa, osynliga, som ingen lade märke till. Ni vet, de där, som inte har några vänner, men som dock inte är så speciella att de skulle väcka uppmärksamhet eller bli mobbade på något sätt."

"Är det inte Israelssons pojke?" frågade Malvina och jag kände kalla kårar längs ryggraden. Hade jag fått fullträff?

"Berätta!" uppmanade jag entusiastiskt. "Vad blev det av honom?"

"Jag hade totalt glömt bort hans existens", sade Börje, lätt chockad. "Vad hette han? Var det inte något bibliskt? Noak? Jag har faktiskt inte tänkt på honom under alla dessa år. For han inte någonstans för att studera?"

"Det var nog Bibelns Noak", mindes Gurli. "Han brukade komma till butiken för att köpa karameller och han såg alltid så skyldig ut. Som om det var en stor synd att köpa karameller. Tyvärr köpte han inte så många karameller att det skulle ha gjort butiken lönsam. Men hans äldre bror köpte alltid den där kampsportstidningen, som kom ut en gång i månaden."

"Alldeles", utbrast Börje. "Det fanns en äldre bror även om det inte var någon stor åldersskillnad precis. Den äldre hade också ett bibliskt namn."

"Det var Petrus", sade Malvina. "Vi förundrade oss över att han fick namnet Petrus även om Peter var ett betydligt vanligare namn under den tiden. Jag har inte sett Petrus heller på flera årtionden."

"Han kallades ibland för Spetrus", påpekade lärare Sällströms svägerska. "Det var en förkortning av något ännu mera bibliskt, Sankt

Petrus!"

"Blev han retad i skolan?" frågade jag.

"Nej, han tränade kampsport och ingen vågade mobba honom", mindes Börje. "Och när han kallades för Spetrus under skoltiden, gjorde det inte honom särskilt mycket så det blev aldrig någon stor femma av det."

"Om offret inte är Noak Israelsson, skulle det kunna vara Petrus Israelsson?" frågade jag nyfiket. "Var åldersskillnaden så liten?"

"Det tror jag nog", bekräftade Gurli. "Jag minns nu att den där kampsportstidningen var lika okonventionell för en troende familj som Noaks karameller."

"När såg ni bröderna senast?" frågade jag förväntansfullt.

"Jag tror faktiskt att den där kvällen var sista gången jag såg Noak Israelsson", sade Börje och tittade förläget på fotografiet som om han tittade på ett spöke. "Han skulle faktiskt åka någonstans efter sommaren för att studera, så han bara försvann från knutarna precis som så många andra. Petrus hade visst avslutat sin skolgång ett år tidigare och han hade bara stannat här för att vänta på ett lämpligt arbete."

"Var Petrus närvarande den där kvällen på Furutorps strand?"

"Nej, det tror jag inte. Jag skulle nog minnas det, för även Torsten Grönbeck verkade lite utomstående när han dök upp tillsammans med sin utexaminerade bror Torbjörn."

"Jag pratade faktiskt med Simon Israelsson ungefär ett år efter den där kvällen", sade Malvina och vi alla vände oss mot henne. "Simon Israelsson var Petrus och Noaks pappa. Jag stötte på honom på gravgården, där Simons föräldrar är begravda, och jag pratade med honom rätt länge faktiskt."

"Vad sade han?" frågade Bror Sällströms svägerska med en förväntansfull röst, som speglade vår allas stämning.

"Han sade att både Petrus och Noak studerade i Mariehamn och att studierna fortskred väl. Att de inte kommer hem till Bromarf längre."

Vi alla tittade misstroget på Malvina Ekstedt. Hon hade just slagit hål på den sista ledtråden. Det uppspolade liket var varken Petrus eller Noak Israelsson.

"Bor Simon Israelsson här någonstans?" frågade jag lite hätskt, besviken över återvändsgränden.

"Nej, han flyttade bort någonstans rätt snart efter det. Alltså ungefär ett år efter att Noak och jag blev utexaminerade från vår årskurs i gymnasiet", sade Börje tankfullt. "Jag vet inte vart. Och den Israelssonska graven, som innehåller Simons föräldrar, håller på att förfalla."

"Vad vet ni om Simon och föräldrarna egentligen?" frågade jag som om jag desperat letade efter ännu en möjlighet. "Var det några rykten om inbördeskriget och Dragsvik?"

"Nu när du säger det...", sade Hjalmar som hade varit rätt tyst ända tills nu. "Det talades ju faktiskt om att gamla Israelsson skulle ha rymt från Dragsvik 1918. Att han plötsligt bara dök upp här och att ingen ville avslöja honom som en förrymd fånge."

"Kanske han inte ansågs vara farlig?" föreslog Gurli. "Alla var väl mera eller mindre skyldiga till något hemskt under de där åren."

"Jag tror det", sade Börje. "Han accepterades hit, men det fanns alltid någon illasint som ville få otrevliga rykten att blossa upp."

"Var det kanske någon med ett personligt agg mot honom?" frågade jag.

"Jag tror inte det. Det var bara rykten, som fick allt att låta värre än det egentligen var. Gamle Israelsson, hans son Simon och dennes söner Petrus och Noak var rejäla Bromarf-bor."

"Okay", sade jag med en trött röst. "Graven innehåller alltså gamle Israelsson och hans fru, och Simon Israelsson bor på en okänd ort. Men var finns Petrus och Noaks mamma då?"

"Hon dog när pojkarna var små", visste Hjalmar Hellvik. "Hon var född Rödling, så hon finns i den Rödlingska familjegraven."

"Om vi går tillbaka till den där kvällen då ni såg Noak Israelsson sista gången", sade jag otåligt. "Skedde något konstigt under kvällen? Såg ni honom lämna Furutorp? Var han ensam?"

"Jag var på plats men jag märkte ingenting", sade Malvina. "Under den tiden sällskapade jag med Folke Strömblom och hade inte ögon för någon annan än honom."

"Jag minns det", sade Gurli beskt. "Du stal honom av mig. Och sedan gick det så att ingendera av oss fick honom. Jag var så bitter den kvällen att jag försökte göra Folke svartsjuk. Jag var faktiskt rätt berusad, men jag minns nu att jag faktiskt försökte hångla med Noak Israelsson. Han var ett lätt offer i min viljekamp med Folke."

"Hur tog Noak faktumet att han utnyttjades?" frågade Börje intresserat. "Jag minns att Noak lämnade Furutorp rätt tidigt, medan du stannade till den sena, mörka kvällen."

"Han blev nog rätt sur. Han gick längs landsvägen mot deras hem. Israelssons bodde en bit mot Padva, vid stranden. De var ju fiskare så de kunde inte bo särskilt långt från viken."

"Och inget speciellt hände under kvällen", konstaterade Börje med tankarna i två decennier gamla, problemfria ungdomsminnen.

"Det var sista gången vi såg Noak", bekräftade Malvina. "Men som sagt, det kändes inte som om det var något konstigt med den saken."

"Malvina, nu efter alla dessa år vill jag gärna fråga en sak...", började Gurli. "Hur kändes det att sällskapa med enarmade Folke? Jag menar, för mig kändes det lite halvt när han kramade om mig..."

Jag tittade tillbaka på fotografierna för jag var inte intresserad av Malvinas svar. Det kändes som om jag hade kramat ur all saft ur en apelsin. Det fanns ingen mera vätska. Allt hade förbrukats. Kvällen hade inte fört med sig några nya ledtrådar. Jag suckade djupt och lyfte på huvudet när det lät som om min suck ekade i bibliotekets korridor. Det var dock höststormen som ven i husknutarna.

Dessutom började en tanke gnaga inom mig. Jag mindes ett fotografi från en julafton i min tidiga barndom i Fiskars, där hela släkten satt bakom julbordet och skålade mot kameran. Under hela mitt liv hade jag tagit för givet att julmaten, julprydnaderna, tomteluvorna och julljusen hänvisade till julafton, men så en dag hade mamma sagt att tillställningen hade varit under en självständighetsdag. Minnen manipuleras och man tror sig veta något bara för att man antar något som ser självklart ut. Kanske någon av de närvarande mindes fel? Kanske något som de hade berättat från händelserna 20 år tidigare var helt fel, men att påståendena ändå lät så trovärdiga att ingen ifrågasatte dem? Det var sannerligen inte lätt att vara en privatdetektiv.

Samtidigt började en pigg trudelutt spela i seminarierummet och alla stelnade till. Min mobiltelefons signalton lät lika malplacerad som om den hade börjat signalera mitt under en konsert eller ett biografbesök. Jag nickade förläget åt mina gäster och fumlade med telefonen, som jag hade glömt att sätta i ljudlös funktion. Okänt nummer. Alla tittade perplext på mig, då jag vände mig mot väggen för att så tyst som möjligt göra samtalet kort.

"Jonas Österfelt", sade jag.

"Simon Israelsson här", sade en gammal mans röst i andra ändan.

"Simon Israelsson?" ekade jag misstroget som om jag höll på att tala med ett spöke. "Vilket fantastiskt sammanträffande!"

"Jag vet inte vad Ni talar om", sade rösten. "Men Ni är visst detektiven som snokar i Bromarf, inte sant?"

"Det stämmer", sade jag och kände att rummets alla tio ögonpar nyfiket borrade in sig i min rygg.

"Ni måste komma hit så snabbt som möjligt."

"Vad?" sade jag förbluffat. "Vart?"

"Till Tallinn. Jag bor här."

"I Tallinn?" ekade jag.

"Kom hit så snabbt som möjligt. Jag har viktiga saker att berätta."

"Okay", sade jag överraskat och tittade på mitt armbandsur även om jag knappast skulle hinna till den sista färjan från Helsingfors till Tallinn. "Men jag hinner nog inte idag längre."

"Kom med den första morgonfärjan imorgon! Det är brådskande. Synnöve Fredenström ringde mig idag om situationen i Bromarf."

"Men kan Ni inte berätta mera så här per telefon och nu?" försökte jag luska ur honom.

"Nej, jag måste träffa Er personligen. Känner Ni till Toompea-kullen, Österfelt?"

"Ja, strax ovanför Gamla stan."

"Kom till min bostad på Kohtu klockan 10. Nära den finska ambassaden."

Simon Israelsson gav den exakta adressen och jag bekräftade att jag skulle infinna mig då. Överraskningssamtalet tog slut lika snabbt som det hade börjat.

Alla tittade på mig utan att säga ett knyst.

"Vilket fantastiskt sammanträffande!" upprepade jag mig. "Simon Israelsson! Just när vi pratade om honom."

"Det lät som om det blir att snabbt ordna med ett besök till Estland", sade Hjalmar Hellvik. Jag kunde inte slita mina ögon från hans onaturligt svarta hår.

"Det stämmer", sade jag, när konsekvenserna började sjunka in. "Jag måste nog åka iväg omedelbart. Men kanske det inte gör något, ifall vi har behandlat allt kring fotografierna vid det här laget."

"Jag har åtminstone inget att tillägga", sade Börje.

"Österfelt kan gott åka iväg. Som hembygdsföreningens anställda har jag nyckeln hit till bibliotekshuset, så jag kan stänga här när vi har gått." Malvina Ekstedt lät hjälpsam och jag tackade henne samt alla de andra för deras hjälp.

När jag kom ut på trappan, var Stefan Rundberg redan på väg till seminarierummet.

"Tänkte komma upp för att se om jag behövs", konstaterade min polisvän kort.

"Tack, men fotografierna hämtade inte med sig något nytt. Men jag måste rusa nu. Är det OK om jag ringer dig imorgon?"

"Naturligtvis", sade Stefan förbluffat och sneglade mot bibliotekets ytterdörr som för att kolla att allt verkligen var i sin ordning där.

"Jag är ledsen, men nu måste jag faktiskt rusa för att ordna ett besök imorgon", frustade jag medan jag småsprang mot pappas bil. Det skulle bli en maratonkörning till Helsingfors så att jag hann med första morgonfärjan till Tallinn följande dag.

"Jag berättar så fort jag får bekräftelse", fortsatte jag. "Ännu känns det som ett långsökt drag på måfå."

"Ring mig närsomhelst", uppmanade Stefan. "Speciellt om det börjar peka mot något farligt."

Även Stefan gick mot sin bil för att återvända till Ekenäs, men jag hann åka iväg först. Med en rivstart.

KAPITEL 9

Onsdag

Vågorna plöjde undan oss som om havet kände sig kuvat under vår framfart. Lite längre bort såg jag dock att vågorna hade en vit kam, och det hade vi inte makt att rå på. Trots de höga vågorna var höstvinden inte ens frisk och fartyget gungade inte särskilt mycket. Men längre än till de vitkammade vågorna såg jag inte. Höstmorgonens mörker hade inte lyft ännu när vi hade lämnat Västra hamnen i Helsingfors, men så fort vi anlände till Tallinn, skulle jag få äran att se stadens silhuett i tidigt morgonljus.

Jag hade anlänt till min bostad i Vallgård i Helsingfors sent föregående kväll. Till min lättnad hade det funnits rikligt med däcksplatser till morgonens första reguljära färjetur till Tallinn, så jag hade beställt en plats åt mig. Eftersom jag hade anlänt så sent, hade jag inte besökt Anna. Efter en natt med bristfällig sömn, hade jag begett mig till terminalen och min färja till Estlands huvudstad.

Trots att det fanns rikligt med utrymme på fartyget, hade alla passagerare trängts vid ombordstigningsbron och rusat till barens få sittplatser. Orsaken var uppenbar. Alltför ofta fick passagerarna sitta på de smutsiga, heltäckande mattorna i korridorerna, eftersom fartyget inte erbjöd tillräckligt med sittplatser åt sina passagerare. Men så här tidigt under en vardagsmorgon på hösten var båten långt ifrån full. De flesta passagerarna var på väg efter billig alkohol, som skulle forslas hem till Finland med de mest fantasifyla hjälpmedel. Det kunde vara flera våningar med ölförpackningar på varandra över en kälke med hjul. En gång hade jag sett en liten pojke skuffa på ett dylikt torn, när hans pappa hade försökt dra lasset efter sig. När det hade misslyckats, hade tornet fallit och ölburkarna hade spridits som käglor i korridoren. De hade sedan rullat omkring i den gungande baren och pensionärer hade försökt väja för de rullande snubblingsfällorna.

Vi hade lämnat Rönnholmen och Söderskärs fyrtorn bakom oss för länge sedan och jag hoppades på att få se den estniska kusten snart. En rödbrusig äldre man började skråla framför sitt ölstop och jag lutade mig över det lilla tomma bordet framför mig. Jag försökte vila mitt huvud mot mina handflator och slöt ögonen som för att försöka koppla bort mina tankar till ett sorts slummer. Det var dock omöjligt.

Vad ville Simon Israelsson berätta åt mig? Det lät som om det hade varit något viktigt och jag kunde inte låta bli att undra om det hade något med det uppspolade liket att göra. Varför hade Simon flyttat till Tallinn? Hade hans söner Noak och Petrus något med saken att göra? Hade hans flyttning något med inbördeskriget att göra? Hade han blivit bortjagad från Bromarf? Om det var fallet, varför hade då Synnöve Fredenström behållit hans kontaktuppgifter? Tydligen hade min intervju med Synnöve väckt något minne i henne, något som hon ville bekräfta med Simon. Och nu hade det samtalet fått Simon att ringa upp mig. Om några timmar skulle jag antagligen vara mycket klokare och mysteriet i Bromarf skulle vara närmare en lösning.

Ett gnisslande, genomträngande ljud väckte mig ur min slummer och sömndrucket tittade jag upp mot dansbandet, som hade återvänt från sin paus. Solisten testade sin mikrofon och det var samtidigt ett tecken åt publiken att programmet skulle fortsätta. Jag stönade inom mig själv. Inte för att musiken, dansen eller underhållningen var dålig, utan för att programmet visade på att vi inte ens var i närheten av Tallinn ännu.

En bitterljuv finsk schlager om en förlorad sommar släpade upp ett pensionärspar till dansgolvet och de flöt suveränt över golvet som om det var deras eget revir. Alla satt passivt och tittade surt på deras dans för ingen vågade utmana deras skicklighet. Dansen verkade vara en scen för prestationer snarare än rörlig glädje. På ett tragiskt sätt kände jag mig hemma bland de ensamma själarna som tittade avundsjukt på de sällskap som högljutt diskuterade framför välfyllda glas och skrattade åt varandras vitsar. De lade inte ens märke till att en osynlig danskamp utspelades likt en brottningsmatch av enorma proportioner på golvet framför dem.

Den sorgliga schlagern avslutades med några sporadiska applåder från publiken och även det dansande paret applåderade åt sig själva. En sång med snabbare tempo följde och solisten sjöng ord om en lustfylld matrona vid åkerkanten som möttes av en tjurlik man i en jutesäck. Utan att jag förstod innebörden av de humoristiska orden förvånades jag av att dansgolvet lockade nya par. En medelålders man med vattenkammat hår och läderväst bad en bister, storväxt kvinna om danssällskap men han fick tydligen ett nej. Följande kvinna var dock inte lika motvillig och snart dansade de flitigt. Till min förvåning tittade de inte på varandra utan dansade som om de var två ensamma själar som tvingades nära varandra. Stelt och utan engagemang dansade de med endast handflatorna mot varandra. När sången var slut följde mannen kvinnan tillbaka till hennes plats och han bugade lätt, fortfarande utan att någondera ens hade tittat på varandra. Jag undrade för mig själv vad dansen hade gett dem.

Vad hade min 48 år långa dans gett mig då? Även jag hade stött på många människor eller danspartners som jag hade rört lätt med min handflata, men hade jag sett någon i ögonen? Hade jag lärt känna någon och hade jag tillåtit mig själv att lita på någon så pass mycket att jag hade sett dem i ögonen? Var jag bara en ensam själ som letade efter en tillfällig danspartner? Eller den där klichén om fartyg som möts för att sedan fortsätta sina färder åt olika håll? Eller ville jag vara det där irriterande gamla paret, som suveränt dansade genom vilken låt som helst?

Min arbetshistoria var ett skämt. Visst hade jag fått jobba under flera års tid på en marknadsföringsbyrå, men alla mina minnen från det arbetet hade något med avskedet att göra. Hur många goda minnen man än har av sin arbetsplats, sopas de iväg när man får sparken. Och eftersom jag efter avskedet hade blivit långtidsarbetslös, var det uppenbart att min betydelse i livet inte tycktes tangera någon jobbsysselsättning. Efter en tid hade jag försökt sysselsätta mig själv som en privatdetektiv men det hade visat sig bli mera en hobby än mitt levebröd.

Och några andra passionerade intressen hade jag inte. Ingen av mina bekantskaper hade utvecklats till en meningsfull, djup vänskap. För många år sedan hade jag haft en barndomsvän, Peter Ginst, som nuförtiden bodde i Thailand, alltför långt borta. Mina familjekontakter hade utvecklats till vänskap. Mamma var nuförtiden min vän och min syster, hennes man och deras två barn var mina "vänner" på det sociala forumet.

Kärlek då? Den mest uppenbara faktorn till att livet är värt att leva? Att dansen till den i medeltal 3 minuter långa sången känns betydelsefull?

När min ett år långa romans med Anna Tschäder hade tagit slut för fyra år sedan var jag övertygad om att hon var min första kärlek. Den känslan hade inte förändrats. Hon hade dock sårat mig så svårt att det inte var möjligt att vi skulle bli ett par igen. Det hade jag intalat mig själv i fyra års tid redan och hjärntvätten hade lyckats väl. Äntligen hade jag klarat av något med framgång. Jag hade lyckats med att hålla Anna en käpplängd från mitt sårbara inre även om vi tillbringade massvis med tid tillsammans. Och det hade varit kvalitetstid utan like. Det fanns ingen orsak att ändra på den kvaliteten. Eller fanns det? Om dansens längd var begränsad, vad skulle ske när den gemensamma dansen tog slut? Fanns det en risk för att dansen hade olika längd för ena parten än för den andra?

Jag tittade försiktigt på mannen med läderväst och den våta frisyren. Han satt framför sitt ölstop med blicken någonstans i det förgångna eller tusentals kilometer från Estlands-fartyget. Solisten hade återgått till en ballad om vissnade höstblommor och han ackompanjerades av ett tungt trumpetsolo. Sången om de vissnade höstblommorna avslutades med ett konstaterande att vinterfrosten stod bakom dörren.

Den skrämmande tanken stod bakom min dörr, men jag lät den knacka på. Borde Anna och jag försöka vara ett par igen? Fanns det en risk för att allt gick i stöpet om vi försökte? Var vår behagliga samvaro i fara om vi försökte? Var jag säker på att hon skulle vara med på noterna om jag frågade henne? Vad skulle förändras om hon tackade nej?

Samtidigt såg jag det. Någonstans långt framöver skymtade tornen i Tallinns gamla stad. Morgonljuset överraskade mig så pass mycket att det kändes som ett tecken. Någon eller något ville säga mig något.

Och när jag lät det jakande svaret övermanna mig, kändes jag en porlande, optimistisk känsla bubbla inom mig. Allt skulle nog bli bra. Om Anna hade stått ut med mig i fem års tid, skulle hon nog orka med mig längre in i framtiden också. Innerst inne visste jag att det var mitt drag. I fyra års tid hade styrkan samlats inom mig. Hur det än skulle bli, måste jag fråga henne om det skulle bli vi igen. Men innan dess hade jag ett uppdrag att fullfölja. Och dess nästa ledtråd var i Tallinn.

Det svarta vattnet plogades alltjämt åt sidan, när fartyget gled fram. Om några månader skulle fartyget plöja sig fram mellan isflak. Redan nu såg vattnet så kallt ut att vintern kunde få det att stelna när som helst.

Det kändes ofattbart att en ung man hade legat i samma vatten i 20 års tid utan att ha blivit funnen. Eller ens saknad. Att han 20 gånger hade stelnat och smält i takt med havets årstidsväxlingar. Och att någon annan än han själv hade varit ansvarig för det.

Även om jag inte hade någon stor betydelse i danserna, skulle jag nog se till att denna någon var avslöjad innan min dans var oåterkalleligt slut.

*

Även om det var en tidig höstmorgon, promenerade många turister redan på Viru-gatans kullerstenar i Tallinns gamla stad Vanatallinn. Turistbodarna byggde sina tilläggsutrymmen långt ut på de vinglande gatorna och placerade sina produkter i båsen. En sömnig inkastare försökte på ett tafatt sätt få mig att gå in i en bod, som sålde handstickade tröjor och honungsglaserade mandlar.

En attraktiv, mysig restaurang såg stängd ut men hade sin meny på dörren. Jag gick fram för att välja åt mig vad jag skulle äta efter diskussionen med Simon Israelsson och innan returfartyget förde mig tillbaka till Finland. Tallinns restauranger var härliga och jag ville alltid pröva på någon av deras fantasifulla menyer, när jag gjorde mina dagsutflykter till Estlands huvudstad. Det var intressant att få bekanta mig med menyn utan att någon inkastare avbröt min entusiasm. En chateaubriand med portvinssås, kantareller och tryffelsmör lät som något som jag absolut ville pröva på.

Promenaden mot Toompea-kullen förde mig förbi Vene-gatan mot Raekoja-plats, Rådhusplatsen. En klunga med turister stod tätt runt en guide som för att samla värme i gruppen. De hörde en föreläsning om stadens medeltida apotek och jag fortsatte min promenad mot stadsmuren. Tätt intill muren gick Pikk-gatan, vars trappor ledde mig upp till kullen, som blickade över den medeltida staden.

Väl uppe på kullen förbannade jag min dåliga kondition och min aptit för smörstekt kött. En grupp lokala hade blandats med en turistgrupp utanför den ortodoxa Alexander Nevski-katedralen. De lokala såg lätt irriterade ut över att deras religion hade blivit en turistsevärdhet. Längre bort såg jag den evangelisk-luterska domkyrkan, men betydligt färre turister samlades runt den.

Jag påminde mig om att jag måste fråga Simon Israelsson om släkten var djupt troende, då deras förnamn verkade vara bibliska. Eller hade det överhuvudtaget något med fallet att göra?

Den finska flaggan vajade vid en byggnad i empire-stil, men jag hade inget ärende till ambassaden. Strax efter byggnaden fanns dock Kohtuotsa-plattformen, varifrån man hade en fantastisk utsikt över Tallinns gamla och moderna stad. Det var fem minuter kvar tills Simon förväntade min ankomst, så jag tog gärna en stunds titt på staden. Från Kohtuotsa var det bara ett stenkast till Simons adress på Kohtu-gatan.

Hur högt Rådhusets torn än hade sett ut vid Rådhusplatsen, verkade det vila nedanför mig sett från utsiktsplatsen. Den gotiskinspirerade Oleviste-kyrkans torn var dock högre än gamla stans andra torn. I själva verket hade det i tiderna varit världens högsta byggnad. Bortom Tallinn vilade dock tecken på den moderna huvudstaden. Höga bankbyggnader såg ut som glaspalats och stora hotellbyggnader tydde på lönsamma turistflöden. Det var en tydlig kontrast mellan det gamla och det nya Tallinn, men båda verkade vila fridfullt sida vid sida. Som gamla goda grannar.

Mina tankar gick till det som hade hänt. Historia. Finlands

inbördeskrig och Estlands svårigheter under den sovjetiska ockupationen. Kunde gamla fiender verkligen utvecklas till goda grannar utan att en gammal glöd pyste under ytan och väntade på att blåsas upp igen? Hade gamle Israelsson verkligen välkomnats till Bromarf utan att någon hade känt sig hotad av hans ankomst? Hade glöden blåsts upp till en sådan eldsflamma att ett mord hade skett för 20 år sedan? Vad skulle Simon Israelsson berätta åt mig?

Jag gick det återstående kvarteret av Kohtu-gatan till huset, där Simon bodde. Exakt klockan 10 ringde jag på hans dörrklocka, men till min förvåning öppnade han inte dörren. När han inte öppnade med tredje ringningen heller, beslöt jag mig för att försöka hitta husets bakgård, om det fanns en sådan.

När jag försökte hitta en alternativ ingång, funderade jag hur Simon kunde ha råd att bo på en så exklusiv adress. Bostaden var i ett nyrenoverat hus och med stadens bästa utsikt. Hittills hade jag trott att Simon Israelsson var en vanlig pensionär, men hans bostad verkade nog slå hål på det antagandet. Även om han hade flyttat till Tallinn för 19 år sedan, när bostadspriserna hade varit en bråkdel av vad de var nu, måste den ha varit dyr. Mina tankar gick till den främsta orsaken till brottsfall. Pengar.

En smal passage vette runt husknuten och jag följde den med lite fruktan i halsgropen. Passagen fungerade som en liten ficka längs stadsmuren och den vette mot en liten bakgårdsterrass, där en liten örtagård hade samlats i krukor. Fickan omringades av en liten mur, som stod mellan terrassen och bråddjupet från Toompea-kullen till Vanatallinn. Husväggen och dess fönster var dock föremålet för mitt främsta intresse.

Även lägenhetens bakdörr var låst och ingen öppnade dörren när jag knackade på den. Perplext stod jag på terrassen och undrade vad jag skulle göra härnäst. Njuta av den fantastiska stadsutsikten tills Simon anlände? Jag pressade näsan mot fönsterrutan och försökte kika in i Simons lägenhet.

Min blick fästes omedelbart i den gamla mannen som satt orörlig i en fåtölj. Hans ställning var på något sätt konstig. Jag knackade hårt på fönstret och han kunde inte undgå att höra min närvaro. Om han inte...

Likt amerikanska tv-serier var jag beredd på att försätta min axel ur led för att knuffa in den låsta dörren. Till min överraskning behövdes det dock inte mera än en kraftig knuff för bända låset åt sidan och tvinga upp dörren.

På några sekunder var jag framme vid den gamle mannen och det var ingen tvekan om saken. Han var död. Hans oseende ögon var fästa i taket, men hans uppblåsta, blåa ansikte tydde på att döden inte hade kommit lätt. Ett lädersnöre var stadigt fäst kring hans strupe och det var ingen tvekan om att han hade strypts. Försiktigt försökte jag känna en puls vid lädersnöret, men mannen var verkligen död. Och jag antog att han var Simon Israelsson.

Fascinerad och äcklad tittade jag på liket framför mig. Jag tog några steg bakåt och föll sittande i vardagsrummets andra fåtölj. Trots att jag hade fungerat som en privatdetektiv i fem års tid redan, var det första gången jag såg ett lik. Det kändes konstigt. Han luktade inte illa, vilket otaliga detektivberättelser hade lovat mig. Kanske det berodde på att fönstret var öppet och släppte in frisk höstluft? Ett ögonblick! Ett öppet fönster? Var det genom det som mördaren hade kommit in eller flytt ut?

Med en gång förstod jag att jag satt mitt i en brottsplats. Jag fick inte röra något för det kunde förvränga brottsutredningarna. Utredningar. Polis! Jag var i ett främmande land bredvid ett mordoffer! Min följande tanke var att jag måste fly. Polisen skulle knappast tro mig om jag sade att Simon hade varit död redan när jag kommit till platsen. Jag måste fly! Nej. Det skulle bara göra mig ännu mera misstänkt.

Lugnt grep jag tag i min mobiltelefon och ringde upp nödnumret. Med en lugn röst förklarade jag situationen på engelska och väntade på att polisen skulle anlända.

Jag gick ut till terrassen och tittade på stadens bästa utsikt i tidig morgonskrud. Det skulle bli en lång dag i den estniska huvudstaden, det var säkert. Men nu hade Jonas Österfelt sett ett lik för första gången i sitt liv. Det kändes som om att förlora sin oskuld. Att något har hänt för att aldrig någonsin bli ogjort igen.

Om det tjugo år gamla mordet inte hade väckt särskilt stora passioner bland utredarna tills nu, skulle den nya händelsen nog göra det.

KAPITEL 10

"Stig in, herr Österfelt", sade den unga, uniformsklädda mannen och en smula stelbent steg jag upp ur stolen.

Jag hade väntat i åtskilliga timmar på en obekväm bänk i polishuset på Kolde pst-gatan en bit utanför Tallinn och eftermiddagen hade avancerat i snigelfart. Nu skulle förhören äntligen starta och jag var fullt beredd på att de skulle ta flera timmar i anspråk. Ändå vågade jag hoppas på att jag skulle hinna tillbaka till Helsingfors med senast den sista färjan. Lyckligtvis hade min returbiljett inte varit fixerad till en viss tid för enligt mina ursprungliga planer skulle den tiden redan ha runnit ut.

Polisutredarens rum var betydligt ljusare och det såg bekvämare ut än Stefan Rundbergs bås i Ekenäs polishus.

"Andrus Rapp heter jag och jag har fått uppgiften att reda ut mordet på Simon Israelsson", sade den unga polisen, och räckte fram sin hand. Jag var alltid lika förbluffad över hur felfritt esterna talade finska.

"Jonas Österfelt", svarade jag även om jag visste att Rapp kände till mitt namn och den preliminära rapport, som jag hade lämnat åt hans assistent.

"Är du hungrig?" frågade Rapp vänligt och viftade med sin hand mot en vattenkanna med dricksglas.

"Nej tack", svarade jag. "Er assistent bjöd redan på estniskt svart bröd med rökt sidfläsk, rökt ost och strömming. Det brukar vara fantastiskt gott tillsammans med er superba öl."

"Tack, vår husmanskost är något att vara stolt över", sade Rapp belåtet och jag hoppades att mitt smicker skulle hjälpa i förhöret som väntade.

Trots att maten hade varit god, kunde jag inte låta bli att tänka på den chateaubriand som gått min näsa förbi. Eller förbi min mun.

"Tydligen drabbades min aptit inte av att jag stötte på ett lik under förmiddagen", konstaterade jag som om det överraskade även mig själv. Jag kunde fortfarande inte förstå att jag nu verkligen hade råkat på ett äkta lik, för första gången under min fem år långa karriär som privatdetektiv.

"För mig är det vardag", konstaterade Andrus Rapp kort. "Under förmiddagen har jag alltså kontrollerat allt som vi lätt kunde samla in om Simon Israelsson, men även det som offentliga databaser berättar om dig, herr Österfelt."

"Naturligtvis", svarade jag och tänkte på allt som Internet hade berättat om mig för fem år sedan och hur jag via denna information hade blivit utnyttjad. Efter det hade jag minimerat allt som kunde leverera data om mig på Internet och de sociala forumen.

"Och så har jag förstås bekantat mig med de utsagor som mina assistenter samlade in av dig. Det verkar alltså som om det finns en länk till Simon Israelssons förflutna i Finland."

"Ja, det verkar så", svarade jag. "Och det kan väl inte vara en slump att han blev mördad just nu när han med stor iver krävde att jag, en detektiv, skulle komma till honom för att han skulle få berätta något viktigt."

"Vi vet alltså inte vad han hade tänkt berätta?" frågade Rapp utan att ta ställning till om det var en slump eller inte.

"Nej, tyvärr."

"Okay. Jag har bestämt mig för att dela med mig om allt det som vi vet", sade Rapp högtidligt. "Åt dig alltså. Även om de formella undersökningarna kommer att kräva ett samarbete med de finländska polismyndigheterna. Ur vår synpunkt är du endast en privatperson, men det verkar som om du vet mest om fallet för tillfället och det gagnar oss alla."

"Tack för förtroendet", sade jag uppriktigt.

"Jag har ringt upp Nettan Larsson på Raseborgs polis och hon bekräftade vem du är och att det var din förtjänst att västra Nylands narkotikaring kunde spräckas för några år sedan. Den ligan hade förgreningar också till Estland."

"Oj", mumlade jag, oförmögen att förstå att jag hade haft en så stor påverkan på många människors liv.

"Om vi börjar med att reda ut vem Simon Israelsson var", sade Rapp och lutade sig bakåt i sin stol. När jag försökte göra lika, märkte jag att min stol saknade ryggstöd.

"Han flyttade tydligen för 19 år sedan från Bromarf i södra Finland till Tallinn. Han hade blivit ensam när hans två söner åkt hemifrån för att studera. Jag har inte lyckats få tag på någondera av de två sönerna, Petrus och Noak, men jag misstänker att det lik som flöt upp i Bromarf för några veckor sedan är antingen Petrus eller Noak."

"Jag har bekantat mig med det fallet enligt din avlagda rapport", konstaterade Rapp. "Det låter faktiskt som en godtagbar teori att liket är antingen Petrus eller Noak. Om båda pojkarna är försvunna, kan man dessutom anta att den ena är den döda och den andra är förövaren. Både till mordet på brodern och nu på fadern. Och det går ju dessutom att verifiera nu."

"Hur så?" frågade jag intresserat.

"Med ett enkelt DNA-test kan vi kontrollera om liket i Bromarf är släkt med Simon Israelsson."

"Naturligtvis!" flämtade jag.

"Men det finns dock en osäkerhetsfaktor", fortsatte den estniska polismannen och jag sjönk ihop på min stol igen av besvikelse. "Och det är här som vi kommer in på det vi vet om Simon Israelssons liv här i Tallinn. Han sysslade med fostersöner."

"Vad menar du?" frågade jag samtidigt som ett äckel började krypa inom mig. Att "syssla med" kunde inte vara något positivt.

"Han flyttade faktiskt hit för 19 år sedan som en ensamstående änkling", bekräftade Andrus Rapp. "Ett år senare, när socialmyndigheterna hade deklarerat honom som lämplig till fosterförälder, flyttade en femårig pojke till honom. Ett år senare flyttade en fyraårig pojke till honom. Han fungerade som en ensamstående vikarierande pappa åt dem tills de flyttade ut för några år sedan."

"Är det inte konstigt?" frågade jag försiktigt. Jag harklade mig och fortsatte med det som jag egentligen ville veta: "Det låg väl inget sexuellt i föräldraskapet?"

"Inte vad vi vet", konstaterade Rapp tvekande.

"Men?"

"Båda pojkarna har haft att göra med polisen, och det är via de förhören som vi vet så mycket som vi gör om Simon Israelsson."

"Vad har pojkarna gjort?" frågade jag och en självisk bit av mig hoppades på något mord, som skulle förklara det oidentifierbara liket i Bromarf. Även om de estniska pojkarna hade varit för unga för att ha kunnat ha något att göra med de västnyländska händelserna för 20 år sedan.

"Snatteri och småbrott. Under förhören dök det bara upp en konstig sak. Motivet till varför pojkarna stal pengar. De ville betala åt sin pappa."

"Fungerade Simon som en sorts ledare för en pojkliga?" frågade jag oförstående.

"Vi vet faktiskt inte vad det betydde. Det verkar som om pojkarna ville betala åt sin ställföreträdande pappa för att han hade tagit hand om dem när de var små. I princip låter det välvilligt, men vi vet inte om Simon hade pressat dem att tänka så."

"Tog han emot pengar av sina fostersöner?" frågade jag bistert.

"Jag tror faktiskt det. Han kom till Tallinn strax efter att han hade pensionerat sig från fiskaryrket och han var rätt gammal nu när han mördades. Vi vet inte hur han kunde ha råd med att bo på en bra adress i Tallinns gamla stad utan att ha behövt leva snålt. Det verkar faktiskt som om han hade extrainkomster."

"Kanske han fick pengar även av sin son i Finland, antingen av Petrus eller Noak?" funderade jag högt.

"Det finns tydligen orsaker att kolla upp Simons penningtransaktioner", konstaterade Andrus och gjorde några anteckningar i ett häfte. Han fortsatte:

"Jag har under min karriär stött på många fosterbarn som känner stor tacksamhet gentemot sina ställföreträdande föräldrar. De ställer upp finansiellt för dem på samma sätt som föräldrar finansierar sina minderåriga barns utgifter. Och jag vill faktiskt inte klandra Simon Israelsson för att ha ställt upp för sina fostersöner. Estland var för 19 år sedan en ung stat, där alla människor på ett eller annat sätt startade på nytt. Det fanns många barn, som behövde ett bättre hem just då och det är mycket möjligt att Simon räddade pojkarna från en svår uppväxt."

"Naturligtvis", sade jag men tittade på Andrus Rapp med frågande ögon. Det lät som om han själv hade varit ett fosterbarn, men han hade hittat sin väg till poliskåren.

"Tänker ni fråga ut fostersönerna?" fortsatte jag. "Även om de är vuxna nu och även om de kanske inte aktivt håller kontakt med sin fosterfar längre?"

"Absolut", bekräftade Andrus. "Vi måste få ett utlåtande av dem, speciellt var de befann sig förra natten, då Simon Israelsson mördades. Och dessutom blir det en arvsutdelning i något skede och då vill boförrättaren ha deras uppgifter."

"Arvet", mumlade jag och kände osäkerheten krypa över mig igen. I mina tidigare uppdrag hade det förväntade arvet flera gånger spelat en viktig roll i brottsutredningarna. Och precis som tidigare, det lät som om ett svårtolkat arv var på kommande efter Simon Israelssons död.

"Ja, det blir en svår nöt att knäcka", nickade Andrus. "Först och främst behövs tolkningar om fosterbarn är berättigade till ett arv eller inte. Enligt finländsk eller estnisk lagstiftning. Dessutom behövs en tolkning om fosterbarn klassificeras som likvärdiga arvtagare som biologiska barn. Enligt finländsk eller estnisk lagstiftning. Vi vet att Simon var en finländsk medborgare, som bodde i Tallinn. Förresten, kan vi vara säkra på att de finländska pojkarna, Noak och Petrus, var biologiska barn? Eller var de också fosterbarn?"

Jag tittade osäkert på Andrus Rapp. Han hade rätt. Vi kunde inte vara säkra på det.

"Det kanske också klarnar när vi får in resultaten från DNAtesterna", sade jag med en viktig röst.

"Alldeles riktigt", sade Andrus. "Även om det kanske inte spelar någon roll. Jag vet bara att de estniska pojkarna inte använde Israelsson som släktnamn, men det gjorde tydligen pojkarna i Finland?"

"Precis", bekräftade jag. "Trots det känns det som om Petrus eller Noak Israelsson finns närmare än jag tror. Att han utger sig för att vara någon annan. Och att mördaren kom från Finland. Jag känner mig verkligen frestad att sätta ett likhetstecken mellan de två påståendena."

"Vad får dig att tänka så?" frågade Andrus intresserat och lutade sig framåt på sin bekväma stol.

"Det kan ju inte vara en slump att Simon blev mördad genast då jag fick ett alarmerande samtal av honom. Det fanns många vittnen till mitt telefonsamtal och det måste ha gjort mördaren livrädd för vad Simon tänkte avslöja. Mördaren kunde lätt ha hunnit till Tallinn med den sista färjan igår kväll och han eller hon åkte tillbaka nu på morgonen samtidigt som jag åkte hit."

"Vem var närvarande när samtalet kom in?" frågade Andrus och öppnade sitt häfte igen.

Jag berättade namnen på de Bromarf-bor som hade varit närvarande under mitt informationstillfälle föregående dag, och Andrus antecknade dem. Jag tillade också att Synnöve Fredenström tydligen hade regelbunden telefonkontakt med Simon Israelsson för att berätta skvaller från hans hemtrakt.

"Du inser säkert att vem som helst av dessa personer kunde ha lämnat ut informationen till en annan part, som sedan reste iväg med kvällsbåten", konstaterade Andrus torrt.

"Naturligtvis. Men det kommer säkert ändå att intressera dem som kommer att utföra utredningarna av den västnyländska grenen i brottet."

"Alldeles", bekräftade Andrus. "Och det kanske bekräftas sedan när vi har undersökt Simon Israelssons telefonsamtal under det senaste året."

"Precis", sade jag intresserat. "Om han har haft kontakt med Petrus eller Noak, framgår det säkert att samtalsuppgifterna."

"Det är faktiskt möjligt att något dyker upp där", sade Andrus. "Det verkar nämligen som om mördaren ville dölja något som framgår ur Simons mobiltelefon."

"Hur så?"

"Simons bostad saknar trådtelefon och vi har inte lyckats hitta någon mobiltelefon i hans bostad."

"Det låter faktiskt konstigt", utbrast jag. "Alla har ju en mobiltelefon nuförtiden. Även äldre personer."

"Vi fortsätter med att finkamma bostaden och om vi inte hittar något, kan vi anta att mördaren har tagit telefonen med sig för att dölja något iögonenfallande."

"Intressant", mumlade jag.

Vi tittade en stund på varandra som för att mäta varandras kapacitet att fortsätta utredningarna. Det började kännas som om jag hade vädrat alla synpunkter på brottet och den estniska polisen hade nu alla nycklar för att fortsätta den officiella utredningen i samarbete med den finländska polisen. Men vad skulle min andel bli? Antagligen skulle polisen be mig att dra mig ur utredningarna så fort de utvecklades till officiella utredningar. Ett tjugo år gammalt, olöst mord hade utvecklats till ett modernt mord med nya ledtrådar och det bevisade klart att en mördare gick fri. Polisen kunde inte externalisera utredningen av ett sådant brott till en simpel privatdetektiv längre.

"Vet vi varför Simon Israelsson lämnade Västnyland så totalt som han gjorde för 19 år sedan?" frågade jag. "Det känns ju faktiskt lite som om han flydde från något."

"Han var ensam och ville börja på nytt någon annanstans?" föreslog Andrus. "Att ta fosterbarn som nybliven pensionär visar ju på ett verkligt engagemang. Och Estland, som just hade blivit självständigt, erbjöd faktiskt möjligheter till det."

"Eller visste han något om mordet på den unge man, vars lik hade sänkts till havets botten ett år tidigare?" föreslog jag.

"Det är möjligt", sade Andrus fundersamt. "Men jag tror att svaret finns i ett av de förhörsprotokoll som vi har i samband med de estniska pojkarnas snatterier."

"Jaså", sade jag intresserat.

"Under åren efter att Sovjetunionen hade ockuperat Estland, försökte många ester ta sig över Finska viken till friheten där. Simon Israelsson berättade att när han var barn, hade en estnisk fiskebåt med avhoppare plötsligt dykt upp på deras strand i Bromarf. Simons pappa hade sett det som en hederssak att hjälpa en främling i nöd och Israelssons hade hjälpt den estniska familjen att fly till Sverige. Från den stunden hade Simon Israelsson känt en sorts solidaritet gentemot Estland."

"Tanken att det är viktigt att assistera en hjälpbehövande främling kom säkert från Simons pappa, pojkarnas farfar", påpekade jag. "Vi tror att han hade flytt från ett lokalt fångläger strax efter inbördeskriget och att han togs välvilligt emot av de lokala. För honom kändes det säkert som att vara i en tacksamhetsskuld åt det mottagande samhället."

"Jag har hört historier om ert inbördeskrig. För oss ester var hela ockupationen ett enda långt inbördeskrig. Och om en man som Simon Israelsson kommer hit för att leva bland oss, känns det svårt att betrakta honom som en skurk. Speciellt om han ännu som gammal vill jobba för ungas väl."

"Det är säkert så", sade jag fundersamt, oförmögen att sätta mig in i svårigheter av den kalibern. "Antagligen är den djupgående empatin för andra människor också orsaken till att deras förnamn hänvisar till Bibeln. Jag hoppas att den empatins baksida inte är att någon av dem är beredd att utföra mord."

"Men om vi ännu återgår till motivet", avbröt Andrus. "Vi antar alltså att motivet till mordet på Simon är att tysta honom innan han avslöjar något om mordet för 20 år sedan. Finns det teorier om motivet till det ursprungliga mordet?"

"Nej, vi vet bara att han hade blivit slagen i huvudet eller att han slagits så att han fallit och stött huvudet. Men någon har i varje fall med aktiva åtgärder och med möda sett till att kroppen sänktes i havet. Och att den således försvann från historien som om ingenting hade hänt. Det finns en aktiv part i dramat."

"Ja, det finns det definitivt och jag tycker nog att vi har en hel del ledtrådar att gå efter", sade Andrus. "Det är väl klart för dig att polisen tar över fallet nu. Både i Finland och i Estland."

"Jag förstår det, och jag finns tillgänglig ifall jag behövs", sade jag uppriktigt.

"Då skall jag släppa iväg dig till färjan. Får jag bjuda på skjuts till terminalen, herr Österfelt?"

"Tack gärna", sade jag belåtet. "Jag hinner till och med göra lite inköp i terminalen innan nästa färja åker till Helsingfors."

"En typisk finländsk turist", mumlade Andrus Rapp, men det låg inget negativt i uttalandet. Det verkade som om vi hade en stor ömsesidig respekt för varandra. Det baserade sig på det vi såg, hörde och kände i nuet, inte på något som hade hänt under historiens lopp. Jag började vara optimistisk med förhoppnngarna att mordet skulle redas ut.

KAPITEL 11

Huttrande satte jag mig på en ledig plats i spårvagnen och placerade backen med mitt estniska favoritöl mellan mina fötter. Innan spårvagnen körde iväg från Västra hamnen på Busholmen hann den bli proppfull med finländska Tallinn-resenärer på väg hem med sina uppköpta skatter. För en stund hann jag fundera om jag borde ge min sittplats åt en medelålders man, men insåg snabbt till min förskräckelse att jag förmodligen var lika gammal.

Den korta promenaden mellan terminalen och spårvagnen hade gett en försmak på den kommande vintern. Den råkalla vinden i Helsingfors hade varit betydligt frostigare än i Tallinn och jag suckade inom mig. Sjögången hade inte varit särskilt hård, så det kalla vädret hade verkligen överraskat mig. Mina tankar gick till fiskarna i Bromarf som var tvungna att åka ut till sitt kalla levebröd i nästan vilket väder som helst. Som liten hade jag haft svårt att förstå att vattnet kunde vara varmare än luften. När jag hade lagt min hand i ett nästan 0-gradigt vatten, när det var 15 minusgrader ute, hade vätskan verkligen inte känts som en värmebölja.

Hade livet varit hårt för fiskarfamiljen Israelsson? Hade de livnärt sig på fiskeriet och hade de klarat sig utan att någon drunknat i jakten på levebrödet? Och om gamle Israelsson hade rymt från Dragsvik till Bromarf för att starta ett nytt liv som fiskare, vem hade lärt honom att fiska? Hade hans ankomst åstadkommit svartsjuka om fiskereviren? Något som hade ställt till med bekymmer för de inflyttade Israelssons även flera decennier senare? Ju mera jag lärde mig om Israelssons, desto flera blev frågorna.

Kvällsmörkret utanför spårvagnen skars av orangefärgade gatlampor. Ännu skulle det ta en tid innan det artificiella ljuset intensifierades av stadens snöhögar. Jag själv föredrog dock mörkret framom den kalla snön. Ingen makt i världen skulle få mig att gilla de kalla iskristallerna. Med kalla kvällar som denna var det dock inte långt kvar till vintern.

En gratistidning hade lämnats vid mitt säte och jag läste en tragisk artikel om en flock med kanadagäss som hade spolats i land vid en rauk-stenformation på Gotland. Tidningens journalist misstänkte att flocken var en omdiskuterad koloni med kanadagäss, som hade stannat i Helsingfors sent på hösten. När alla andra gäss hade flugit iväg mot varmare södern, hade den lilla flocken med 20 individer stannat vid Arabiastranden. Det hade blivit ett populärt mål för kvällsutflykter att gå till stranden och titta på fåglarna. Ornitologexperter hade intervjuats om det var normalt beteende och om de kunde överleva vintern i Finland. För några dagar sedan hade de dock flugit iväg.

Nu antogs de vara döda. De hade väntat för länge och det hade kostat dem livet. Eller hade flockens ledare gjort en felbedömning? Borde jag lära mig något av det som hade hänt? Väntade jag på något som jag borde utföra innan det var för sent?

Anna. Det var alltför sent för att besöka henne ännu samma kväll. Det skulle få vänta till följande dag. Hon visste vad som hade hänt, för jag hade skickat henne meddelanden om mordet på Simon Israelsson och mitt polisförhör. Vi skulle nog träffas snart. Fysisk smärta högg till inom mig och jag kunde inte låta bli att le för mig själv. Jag saknade bruden! Anna Tschäder hade verkligen fått ett grepp om mitt inre. Det var ingen obehaglig känsla precis. Jag var glad över att jag hade låtit känslan komma. Innan det var för sent.

Spårvagnen stannade vid Kampens metrostation och många steg av. Det blev betydligt mera utrymme i korridorerna och jag kände mig lättad. Det fanns ingen orsak längre att ha dåligt samvete över att jag hade fått en sittplats. En familj med en liten pojke steg in och satte sig på några bänkar. Pojken pekade snart på en passagerare, en ensam man med ett lite illa skött utseende.

"Är han en skurk, mamma?" frågade pojken, och jag tittade nyfiket på mannen.

"Tyst Anton!" befallde mamman. "Man får inte peka på andra människor."

"Men är han en skurk?" frågade pojken igen och sänkte sitt pekfinger.

"Nej, naturligtvis inte. Hur så?"

"Fantomen har gett honom Dödskallemärket", påpekade pojken och jag tittade mot mannen igen.

En inre röst sade åt mig att man inte får stirra på andra människor. Men mannen hade faktiskt ett stort födelsemärke på sin haka. Jag mindes serietidningar från min barndom och hur Fantomen hade märkt de onda med ett slag mot hakan som lämnade efter sig ett livslångt dödskallemärke.

"Tyst nu Anton", sade mamman och nickade ursäktande mot

mannen. Han hade dock inte märkt någonting för han halvsov på sin sittplats.

Det var dock uppenbart att han var vaken, för han rusade plötsligt ut ur spårvagnen. Han hann ut strax innan spårvagnsdörrarna stängdes och fordonet fortsatte sin färd mot Järnvägstorget. Orsaken till mannens snabba ryck blev snart uppenbar. Biljettkontrollörerna hade stigit in i spårvagnen och deklarerade högt att allas biljetter skulle kontrolleras. Jag började gräva i min ficka efter min biljett.

"Vad var det jag sade!" ropade Anton segervisst. "Han var en skurk!"

Jag log för mig själv och räckte apatiskt min biljett åt den vänliga kontrollören.

Biljetterna var kollade redan innan Järnvägstorget och kontrollörerna steg av. När spårvagnen fortsatte mot Kajsaniemi, tog jag fram min mobiltelefon och ringde upp nummerupplysningen. Jag beslöt mig för att begära Noak Israelsson först, men då ingen hittades med det namnet frågade jag efter Petrus Israelsson. Det blev ingen träff med det heller. Innan jag somnade skulle jag ännu kolla vad Internets söktjänster sade om namnen, men jag antog att inget matnyttigt skulle hittas där heller.

Under den några timmar långa fartygsresan tillbaka från Tallinn, hade jag funderat lite på fallets nya vändningar. Så mycket hade skett sedan fotografi-identifieringen i Bromarf föregående kväll att en hel del detektivuppgifter hade blivit förbisedda. De lokala hade sagt att de inte hade sett eller hört av varken Noak eller Petrus Israelsson sedan skolavslutningen, men det behövde ju inte automatiskt betyda att de var försvunna. Eller att det uppspolade liket var någondera av dem. Jag hade bara inte haft tid att leta reda på dem. Men nu började jag nog tro att det lutade åt det hållet att det var något skumt med dem. Alltför många tecken visade på det. Inte minst mordet på deras pappa.

Eftersom jag inte hade haft nätkontakt mitt på Finska viken, hade jag väntat med att ringa upp nummerupplysningen tills vi var i land. Vad till kunde jag göra?

De otaliga ljusskyltarna med olika fackförbunds namn lyste upp Hagnäs. De fungerade som en fyr för vilseledda arbetstagare. Vem skulle vägleda de arbetslösa? Eller detektiver som behövde svar på otaliga frågor?

Svaret knep mig med det dåliga samvete jag hade. Redan föregående kväll hade jag lovat att ringa upp min polisvän Stefan Rundberg, men det hade bara inte blivit av i all Estlandsröra. Han hade ju trots allt varit vänlig nog att följa med på Bromarfbornas minnestillfälle. Jag tittade på klockan och beslöt mig för att det var alltför sent. Jag skulle inte störa honom så här sent på kvällen utan samtalet fick vänta till följande morgon.

Fanns det något annat som jag hade förbisett sedan händelseförloppen hade börjat få fart föregående kväll? Jag tänkte på alla de Bromarf-bor som hade varit närvarande när jag fått Simons telefonsamtal från Tallinn. Kunde någon av dem ha skyndat till Tallinn redan föregående kväll för att tysta ned Simon? Var någon av dem någon annan än han eller hon utgav sig för att vara? Nej, det lät alltför långsökt, eftersom alla verkade känna varandra snarare än att någon kände någon. Hade en ledtråd omedvetet presenterats under diskussionerna i Bromarfs bibliotek? Hade någon avslöjat något om händelserna under skolavslutningen 20 år tidigare? Något som var oroväckande för gärningsmannen?

Tanken på en finländsk gärningsman hade skakat mig redan i Tallinns terminal, när jag väntat på att få stiga ombord kvällsbåten tillbaka till Helsingfors. Jag hade sett alla turister som hade väntat på fartygsresan och undrat om gärningsmannen hade sett mig stiga av morgonbåten 12 timmar tidigare. Om gärningsmannen alltså hade väntat på att åka tillbaka till Helsingfors med samma båt som jag hade anlänt med till Tallinn. Följande tanke hade skrämt mig.

Hade gärningsmannen tillbringat natten hos Simon Israelsson och dödat honom på morgonkvisten? Eller hade gärningsmannen mördat Simon redan på kvällen och tillbringat natten i samma bostad som liket? Vilketdera alternativet än var, tydde det på en totalt hänsynslös och likgiltig gärning. Hade gärningsmannen varit så kallblodig? Eller hade han eller hon varit så pass bekant med Simon att denne hade erbjudit gärningsmannen härbärge för natten? Jag borde ringa upp Andrus senare för att kolla tidpunkten när Simon hade dött.

Både den estniska och den finländska polisen skulle säkert kontrollera fartygslinjernas passagerarlistor. Jag tvivlade dock på att mördaren skulle ha åkt med eget namn. Det gick lätt att köpa biljetter med falskt namn och passen kollades väldigt sällan på de estniska linjerna. Men kanske mördaren hade gjort något misstag. Om han eller hon kom från Finland.

Jag suckade. Det gungade i maggropen när spårvagnen krängde i Sörnäs legendariska kurva. Vi skulle snart vara framme vid mitt hem i Vallgård.

Hade det någon betydelse att Simon Israelsson hade tagit fosterpojkar så fort han hade flyttat till Tallinn, ett år efter att den unge mannen tydligen hade dött? Jag hoppades att Andrus Rapp skulle få tag på pojkarna och att de skulle bli utfrågade om sin uppväxt. Var även Petrus och Noak Israelsson fosterbarn, eller var de biologiska barn? Det var något som Stefan säkert skulle kunna reda ut.

Det bara kändes som om ett mönster höll på att sprida sig över flera generationer. Och att det därför kunde ha ett samband. Om gamle Israelsson egentligen var en krigsfånge från Tavastland, hade han ursprungligen hetat något annat och han antog namnet Israelsson när han slog sig ned i Bromarf. Efter att han hade fått sin son Simon, hade familjen hjälpt en estnisk avhopparfamilj att komma på fötter. Simon i sin tur fick två söner i Bromarf, eller alternativt två fostersöner, och därefter två fostersöner i Estland. Fanns det något samband mellan den estniska avhopparfamiljen och de estniska fosterpojkarna?

Jag suckade igen. Det kändes fel. Hela den Israelssonska dynastin pekade på hjälpsamhet och medmänniskors empati. Om det inte hade varit för det uppspolade liket och mordet på Simon Israelsson, skulle de ha känts som mönstermedborgare snarare än förrymda skurkar. Vem kunde vilja Israelssons illa? Någon som var avundsjuk på dem? Eller fanns det pengar inblandat? När jag tänkte på fosterpojkarna, som bar pengar åt sin fosterpappa, kände jag mig illamående. Hade Simon Israelsson bett dem att betala honom för att han hade uppfostrat dem och gett dem ett hem? Hade hemmet varit ett bra hem?

Mitt hem började närma sig och spårvagnen stannade in på min hållplats. Jag glömde nästan min ölback i spårvagnen, men någon vänlig person ropade efter mig innan fordonet åkte iväg. Lycklig över medmänniskors välvillighet bar jag ölen uppför trapporna till min lägenhet.

Tröttheten övermannade mig omedelbart när jag steg innanför dörren. Mitt kära, trygga hem! Det kändes som om miljoner, inspirerande ledtrådar slutade surra i mitt huvud och som om alla problem flöt iväg som höstlöv på iskallt havsvatten. Mitt egna hem var verkligen en av mina stora framgångar i livet. Det retade mig att jag inte hade tagit det i beaktande under morgonen när jag hade funderat på vad jag hade uträttat under min livslängd.

Det var ingen tvekan om att jag skulle sova som en stock.

*

Dödskallemärket!

Fantomen är ond mot de onda.

Gammalt djungelordspråk.

Jag flämtade av överraskning och satte mig upp i sängen.

Var var jag?

På Lillböle gård i Fiskars? Hos min mamma i Ekenäs? I Bromarf? Hos Anna? I Estland?

Nej, jag var hemma. I tryggheten.

Var jag vaken? Drömde jag? Var jag någon annan? Fantomen? De ondas Nemesis?

Jag gnuggade ögonen och tittade på nattduksbordets klocka. 06.15. Tidig, ofrivillig morgonväckning. Vad hade väckt mig? Dödskallemärket? En dröm, som hade stannat i mitt undermedvetande kvällen innan? Pojken, som i spårvagnen hade reagerat på den hafsigt klädda mannen med födelsemärket på hakan.

Jag kippade efter andan för plötsligt vällde allt över mig.

Tusentals pusselbitar föll på plats.

Fantomens dödskallemärke.

Jag visste vem som hade mördat Simon Israelsson. Och jag anade vem den unga mannen var, som hade dödats efter en skolavslutning för 20 år sedan i Bromarf.

Den Israelssonska släktkrönikan hade fått mig att tro på människans välvillighet. Nu var det dags att tro på människans ondska. För något hade hänt, och något lika hemskt väntade ännu på att hända.

KAPITEL 12

Torsdag

Bilens bakparti slirade åt sidan och jag vred på ratten åt motsatt håll för att motverka sladden. Till min förskräckelse gjorde pappas bil trots min manöver en vådlig, rund piruett med alla fyra hjul och stannade mitt på vägen. Bilens nos pekade mot skogen och långsamt körde jag tillbaka i rätt riktning i rätt fil. Till all lycka hade ingen bil kört varken i motkommande fil eller bakom mig.

Den svarta isen glittrade gäckande mot mig och jag förstod att det var dags att köra saktare. Trots att jag hade bråttom. Den kurviga vägen var livsfarlig för tillfället, speciellt för en fartdåre som jag, som till råga på allt körde med sommardäck.

Jag körde inte i min barndoms socken, Pojo, för att sätta livet till i en simpel trafikolycka. Den vindlande vägen i Persböle på väg mot Tenala var dock rena rama och raka motorvägen jämfört med den väg som väntade framför mig. Bromarfvägen skulle förmodligen vara ännu halare denna frostiga novembermorgon.

Jag såg samma flyktingförläggning vid vägen som jag hade sett tillsammans med Anna. Flyktingarna behöver hjälp. Esterna behövde hjälp. Rymlingen Israelsson behövde hjälp för 100 år sedan. Kanske hela samhället behövde hjälp.

Otroligt nog hade bara en vecka förflutit sedan jag kört denna samma väg tillsammans med Anna. För exakt en vecka sedan hade jag gottat mig åt att på eget initiativ starta en detektivs utredning. Och nu körde jag överhastighet i menföre för att rädda ett liv.

Allt det under en frostig morgon, som kanske var början på den döda, iskalla vinterårstiden. Ett vitt puder hade samlats mellan åkervallarna och på tofsarna till de brunvissnade grässtråna. Morgonrodnaden skapade ett blått skimmer som kastade långa skuggor över det vita fältet. Jag körde till vägrenen för att samla andan efter den farliga piruetten. En tät granskog bevakade åkern bredvid mig och den såg skrämmande mörk ut. Eller var de höga träden placerade för att skydda den vindpinade åkern? Borde jag känna mig trygg i deras närvaro? Var träden goda eller onda?

Var allt så svart och vitt? Jag tänkte på en skolavslutning för 20 år sedan som hade slutat med en ung mans död. Den sista sången han hade hört var "Den blomstertid nu kommer" och att allt skall bli återfött. Denna senhöstmorgon kändes som en klar motsats till vårens optimism. All växtlighet väntade på att dö under tjockt snötäcke och iskalla minustemperaturer.

Den kalla morgonen betydde klart väder och mörkret började lyfta. Solstrålar trängde sig fram mellan de täta granarna som lasersvärd och det var uppenbart att en vacker soluppgång utspelade sig någonstans bakom skogen. Jag startade bilen igen och fortsatte min körning mot Bromarf. Men med en saktare fart.

Några timmar hade förflutit sedan jag hade vaknat upp med den förskräckliga insikten om vem Simon Israelssons mördare var. I en timmes tid hade jag lugnt legat i min säng och låtit min hyperventilerande hjärna lägga pusselbitarna på plats. Det kändes som om alla frågetecken bekräftades av insikten och när jag väl visste vem mördaren var, fick många frågor ett tillfredsställande svar av sig självt.

Men samtidigt hade motivet till mordet på Simon Israelsson gett nya, oroväckande tankar. Den gamle mannen hade dödats för att han visste för mycket och för att han måste tystas. Det fanns dock också en annan som visste för mycket och jag måste hindra att även den personen tystades. Därför hade det blivit en snabb avfärd från Helsingfors mot västra Nyland.

För att bekräfta mina farhågor hade jag ringt Raseborgs-polisen och Nettan Larsson hade svarat. Det hon hade berättat hade oroat mig ännu mera och som den erfarna polischef hon var, hade hon anat ugglor i mossen. Dessutom hade hon fått det oroväckande samtalet från Tallinn-polisen om Simon Israelssons död.

Jag hade dock mina orsaker att inte berätta mera åt Nettan Larsson. Jag behövde ännu en bekräftelse innan jag ville blanda in polisen i klimaxen till denna härva. Det var därför jag var på väg till Bromarf.

Ett sista telefonsamtal hade jag hunnit med innan jag hade kört iväg från Helsingfors. Jag hade ringt upp det tilltänkta offret och varnat för att något kunde hända. Mina instruktioner hade varit att lämna hemmet trots att det var tidig morgon och trots att frukosten var oäten. Offret fick inte utsättas för någon onödig fara. Jag var lättad över att mitt samtal hade besvarats för det visade på att de värsta farhågorna ännu inte hade blivit besannade.

Vägskälet till Salo-Ekenäs-vägen tydde på att jag närmade mig.

Strax därefter kom vägskälet till Tenala och Bromarf och det var bara 20 kilometer kvar. Den kalla höstvinden samlade romfrosten till tunna, vita snöslöjor som dansade olycksbådande över den torra asfalten. Det såg ut som om döden var närvarande på samma sätt som när bilen hade slirat över vägen några minuter tidigare.

Mina tankar gick till Anna. Borde jag ha ringt henne innan jag körde iväg till Bromarf? Antagligen. Jag borde ha ringt henne redan föregående kväll, men det hade varit för sent på kvällen. Och nu var det alltför tidigt. Även om jag hade varit bara några kvarter från hennes hem i Helsingfors, hade jag nu kört långt från henne och jag visste inte hur länge jag skulle bli tvungen att stanna i västra Nyland denna gång. Förhoppningsvis skulle hon förstå. Och kanske vår distans skulle visa sig vara värd det hela. Kanske det skulle bli vi när allt detta var över. För resten av våra liv!

Strax efter Tenala kyrka bredde en livsmedelsaffär med en parkeringsplats ut sig vid vägen. Till min överraskning såg jag en bekant bil på parkeringsplatsen och det lugnade mig. Paniken lättade och jag kände ingen tvingande brådska att köra överhastighet till Bromarf längre. Jag tog de vindlande, hala kurvorna på Bromarfvägen med en lugnare fart än tidigare.

Bromarfs kyrka tornade upp sig som en beskyddande fyr. Skärgårdshamnens bodar hade bommats igen och jag undrade om fiskarna inte hade någon tidig fångst att sälja. Den pampiga före detta bankens fastighet hade sin belysning släckt. Ingen levande själ tycktes röra sig i kyrkbyn denna torsdagsmorgon och det verkade som om mördaren hade tystat hela byn. Hade alla fått nys om faran och satt innanför sina trygga hems fyra väggar? Iakttog de mig bakom sina gardiner? Det kändes som en Vilda Västern-film, där sheriffen går långsamt i en spökstad för att stå öga mot öga med skurken i en pistolduell. Vem skulle dra snabbare? Jag eller mördaren?

Någon hade parkerat sin bil på bibliotekets parkeringsplats och ett plötsligt infall fick mig att köra upp på gården. Pappas bil rymdes bra bakom den andra bilen så att den inte syntes från vägen om föraren snabbt tittade upp från sin körning. Jag låste min bil och började promenaden till mitt mål. Det var inte långt kvar men jag lyfte upp rockens krage för att skydda mig mot den iskalla vinden. Ett frostigt lönnlöv frasades till små partiklar under mina skor. Nervöst sparkade jag upp en hög med tiotals andra frostiga lönnlöv.

Strax efter Rilax-vägskälet såg jag ett rött litet hus och jag visste att jag var framme. För säkerhets skull ringde jag på dörrklockan. Ingen öppnade och jag var nöjd. Man lydde mina instruktioner. Jag tryckte ned handtaget och till min belåtenhet hade även nästa instruktion fungerat. Dörren var inte låst och jag steg in.

Synnöve Fredenström hade lytt mina instruktioner. Hon hade gått till åldringsboendet i tidig morgonkvist för att träffa sina väninnor. Hon hade dessutom lämnat dörren öppen för mig så att jag i lugn och ro kunde vänta på mördarens ankomst.

I lugn och ro! Orden smakade konstigt i min mun. En av de farligaste stunderna i mitt liv väntade på mig och jag tog det med lugn och ro! Trots att fara väntade, kände jag mig inte utsatt för något. Jag väntade bara på svar och jag kunde inte tänka mig att det inte skulle serveras en godtagbar förklaring. Och visst hade jag garderat mig. Hjälp skulle komma om något gick fel. Men den närmaste timmen skulle visa hur det blev.

Synnöves lilla hus doftade av grönsaker i ättikslag och torkade örter. Jag mindes att hon hade velat bjuda på blomkål och mynta för bara några dagar sedan. En snabb titt genom bakgårdens fönster avslöjade en rätt stor trädgårdstäppa med ett odlingsland för nyttoväxter och en stor bänk med prydnadsblommor. Marken var vänd och redo för vinterhalvåret.

En sötaktig doft påminde om syltarrangemang och safter. Jag tittade in i köket men gick tillbaka till Synnöves vardagsrum. Det var varmt så jag tog av mig ytterrocken. När jag satte mig i hennes fåtölj klämtade ett gökur. Jag konstaterade att mördaren hade en timme på sig att infinna sig och ge en förklaring till allt som hade skett.

Om en timme hade jag lovat att ringa Nettan Larsson och be henne skicka en patrull till rätt adress i Bromarf. Hon visste att något viktigt höll på att hända i Bromarf men hon visste inte vem det gällde och exakt var. Men hon hade låtit mig sätta igång detta arrangemang. För hon litade på mig och jag visste att jag ville detta.

En skugga rörde sig bakom ytterdörren och jag kände hur hjärtat hoppade upp i halsgropen. Det var nu det skulle hända! Mördaren hade också lämnat sin bil någon annanstans för jag hade inte hört motorljudet från Synnöves gård. Mördaren trodde sig komma till sitt åldriga offer, men istället väntade jag!

Dörrklockans ringning skrämde mig och för en sekund visste jag inte riktigt vad jag skulle göra. Skulle mördaren bli bortskrämd om jag öppnade? Nej, jag trodde inte det.

"Har du kommit för att mörda Synnöve Fredenström?"

Mina ord kläcktes ur mig som om jag inte själv hade varit ansvarig för valet av dem.

Mördaren stelnade till. Han måste ha hört min röst. Han måste ha hört att det var just min röst. Han sprang inte iväg och han sade ingenting för att neka mitt förskräckliga påstående.

Jag ställde mig i dörröppningen mellan tamburen och vardagsrummet med blicken stint fokuserad på ytterdörrens handtag. Mördaren tryckte långsamt ned handtaget. Han hade tydligen gjort sitt beslut. Jag var nöjd för det tydde på att jag skulle serveras någon sorts förklaring.

"Kom in, Stefan!" befallde jag. "Jag vet att det är du."

KAPITEL 13

Han stannade en stund vid dörröppningen och betraktade både mig och Synnöve Fredenströms hem. Stefan Rundbergs blick var vaken, för han anade att hans livs viktigaste minuter väntade. Det var tydligt att han var orolig för att någon annan förutom jag var närvarande, men jag skakade på huvudet som om jag hade läst hans tankar.

"Det är bara du och jag, Stefan", sade jag. "Jag vill bara höra din version av det hela. Så att vi därefter kan besluta vad vi skall göra med situationen."

Min polisvän svarade inte utan kikade snabbt in i köket och han gick förbi mig till vardagsrummet för att bekräfta att ingen var gömd bakom soffan.

"Det finns inga mikrofoner heller", fortsatte jag som om det var min uppgift att övertyga honom om att han måste öppna sig. "Varken på mig eller någon annanstans. Och jag har skickat iväg Synnöve så att hon är i säkerhet och så att vi kan diskutera i lugn och ro."

Utan att säga något blickade Stefan över mig och det kändes som om vi träffades för första gången. Kanske det var första gången som jag lärde känna honom. Kanske alla dessa år som vi hade känt varandra hade varit en illusion. Något overkligt som hade hänt bara för att våra vägar hade mötts i andra tecken. Men nu hade de mötts på en helt ny grund. Jag skulle diskutera med honom som den mördare han var, inte som den polis som han var.

Motvilligt satte han sig i en fåtölj i det hem som var främmande för oss båda. Det såg ut som om han klämdes ihop i den trånga möbeln. Jag satte mig i soffan. Min polisvän såg lika butter ut som han hade gjort fem år redan, men den här gången levererade han ingen torr humor.

Plötsligt mindes jag mitt första detektivuppdrag för fem år sedan. Min barndomsvän Peter Ginsts föräldrar hade känt en polisman i Ekenäs och hans kontaktuppgifter gavs åt mig så att jag skulle komma igång med mitt första fall. Jag hade träffat Stefan Rundberg för första gången på en bensinstations restaurang på åsen vid stamvägen strax utanför Ekenäs. Från första början hade jag gillat den jämnåriga, långa mannen. Aldrig hade jag trott att jag en dag skulle avslöja honom som en mördare.

"Du kan väl inte lita på mig så mycket längre att du inte har etablerat något skydd, Jonne?" frågade han försiktigt.

Stefan hade aldrig kallat mig för Jonne tidigare. Han visste att smeknamnet hade använts av mina två barndomskamrater för nästan 40 år sedan. Varför trodde han sig ha rätt att plötsligt använda mitt smeknamn? Eller ville han påverka vår diskussion genom att vara mera vänlig än vad vi var vana med?

"Jag har ett skydd, Stefan", svarade jag. "Om jag inte ringer ett samtal om en timme, kommer polisen att skickas hit automatiskt. Någon annan polis än du, förstås."

"Men om jag ringer polisen om en timme och säger att du har bett mig ge meddelandet istället?"

"Meddelandet måste innehålla mera än så och jag har inte berättat allt åt dig. Och i så fall vinner du bara lite tid. Det är bara en tidsfråga innan du blir avslöjad i varje fall och jag tror inte att du vill lämna Västnyland för alltid. "

Han sade fortfarande ingenting utan tittade bara på mig som om han försökte mäta hur mycket han kunde lita på mig.

"I varje fall önskar jag att du kunde lita på att vi helt på allvar och tillsammans kommer att försöka hitta rätt utväg ur denna härva", fortsatte jag. "Jag tror inte att du är en ondskefull man, Stefan."

Han satte sig tillrätta i fåtöljen och rätade på ryggen. Bortsett från skägget började han allt mera likna den polis, som jag hade lärt känna. Han såg plötsligt jämnårig ut istället för att vara tyngd av ålder och ansvar. Eller skuldkänslor från ett dråp, som han hade utfört för 20 år sedan.

"Ditt skägg och din hållning", påpekade jag. "Du tog den nedböjda ställningen alltid när du kom till Bromarf för att de lokala inte skulle känna igen dig som den Israelsson, som hade flyttat från Bromarf för 20 år sedan."

"I Ekenäs hade jag min vanliga raka rygg. Men redan när jag återvände till Västnyland från polisskolan hade jag ändrat stil och utseende. Och du skulle bara veta hur sällan jag behövde åka på uppdrag till Bromarf under min karriär."

"Många Bromarfbor kommer till Ekenäs och någon måste ha stött på dig. Kände ingen igen dig under alla dessa år?"

"Visst. De tyckte att jag såg bekant ut från tidigare men kunde inte placera mig. I uniform ser jag annorlunda ut än som civil och helt annorlunda än det barn som jag varit i Bromarf. Polisens solglasögon hjälper också. Ingen tänker på att en polis i Ekenäs kan ha ett förflutet i Bromarf. Han är titelbärare utan en identitet. Och det passade mig."

"När liket flöt upp, visste du att du ville övervaka utredningarna här i Bromarf själv", fortsatte jag utan att ta ställning till när någon är bara bekant eller närmare bekant. "Och du ville förstöra eventuella bevis och tysta eventuellt skvaller om det dök upp något. Du ville gå ett steg längre bort från risken att bli igenkänd som Israelsson, och därför odlade du dessutom ett skägg."

"Till och med frun min tittade förbi mig en dag när jag kom hem från jobbet med skägget och en sämre hållning än vanligt. Då visste jag att någon Bromarf-bo knappast skulle känna igen mig även om jag dök upp i min hembygds kyrkby."

"Jag märkte samma när jag återvände till Fiskars. Få lokala kände igen mig i min barndoms trakt."

"Du var ingen liten pojke längre. Dessutom har åren fört med sig lite övervikt åt dig."

"Försiktigt nu, Stefan. Jag är här för att hjälpa dig."

"Men Synnöve Fredenström kände tydligen igen mig?" sade han frågande och på samma gång konstaterande.

"När jag träffade henne på Bromarfs kyrkogård sade hon att

Israelsson bytte identitet. Hon ville inte berätta vad hon menade med det, men jag förstår nu att hon menade dig. Först trodde jag faktiskt att hon menade din farfar, som bytte identitet när han rymde från fånglägret i Dragsvik 1918."

"Jag visste att pappa Simon hade behållit en kontakt i Bromarf som berättade för honom till Tallinn om aktuella händelser här i vår hemtrakt. Jag visste inte vem det var förrän igår när han berättade det i Tallinn."

"När Synnöve hade talat med mig på gravgården och när hon via vår diskussion hade känt igen dig, började hon ana ugglor i mossen och hon ringde upp Simon Israelsson. Så fort de hade diskuterat förstod Simon att han borde ta kontakt med mig och sedan vet vi hur det gick."

"Jag vågade inte låta dig åka till minnestillfället i Bromarf utan att jag själv hörde vad som avslöjades. Så jag kom med och jag stod utanför dörren till biblioteket hela tiden och lyssnade på era diskussioner. Jag hörde också när Simon ringde upp dig och jag förstod att jag måste hinna till Tallinn innan dig."

"När vi möttes på bibliotekets trappa vände du om dig så att det skulle se ut som om du just var på väg uppför trapporna. I själva verket hade du varit i närheten hela tiden och lyssnat på de gamla Bromarf-bornas minnen."

"Varken du eller någon annan misstänkte något", sade min polisbekanta förnöjt. "Det var riskfyllt att komma till den plats där byborna vädrade gamla minnen, men jag måste vara närvarande ifall ni skulle hitta ett genombrott."

"Endast Synnöve kände igen dig och därför är hon ett hot mot dig. Du kom hit för att tysta henne, inte sant?"

Stefan svarade ingenting, men hans skyldiga blick avslöjade honom. Om jag inte hade blandat in mig och kört till Bromarf, skulle Synnöve inte ha överlevt denna dag. Han satt i fåtöljen som om vi hade diskuterat dagens matsedel. Hade han inga samvetskval? Ju mera jag tänkte på saken, desto mera uttänkt verkade allt. Stefan hade lämnat sin bil en bit från Synnöves hus så att han inte skulle förknippas med henne. Han hade klätt sig i civilkläder istället för i sin polisuniform. Var allt planerat? Var allt så kallblodigt? Hade jag gjort fel, då jag utsatt mig för vad hans nycker än kunde bli? Trots att han bar på civilkläder verkade det som om en revolver vilade i ett hölster bredvid hans bröstkorg under hans tjocka höstrock.

"Allt var fel från första början", fortsatte jag. "När jag anlände hit tillsammans med Anna för en vecka sedan var du inte här i arbetets tecken. Du letade på stranden efter eventuella spår som kunde binda dig till dråpet för 20 år sedan."

"I alla dessa år har jag haft mardrömmar om att något spår, som binder mig, föll med liket i den där säcken, då jag dumpade den i havet. Och att det spåret kunde flyta i land på samma sätt som kroppens och säckens lämningar. Men kanske det bara var en inbillning."

"Även om du är en polis som utredde brottet, började du helt enkelt dyka upp alltför ofta."

"Var det orsaken till att du började misstänka mig?" frågade Stefan nyfiket.

"Nej, jag misstänkte dig inte alls förrän denna morgon. Det var en liten pojkes uttalande som fick pusselbitarna att falla på plats. Om Fantomens dödskallemärke."

"Vad dillar du om?" fräste Stefan Rundberg.

"Fantomens dödskallemärke går inte bort från brottslingens hake och det stämplar en skurk för alltid. Jag mindes en Fantomen-berättelse, där en gammal skurk hade odlat skägg för att gömma det otrevliga dödskallemärket."

"Aha, så det fick dina tankar till orsakerna till att jag plötsligt hade ett skägg", utbrast Stefan. "Inte för att jag hade Dödskallemärket utan för att jag ville gömma något annat. Såsom min identitet."

"Och genast då du plötsligt fanns bland de misstänkta, började alla frågor bli besvarade av sig själva."

"Du börjar förstå att det var viktigt för mig att hemlighålla min identitet. Så fort jag identifierades som en Israelsson, var det bara en tidsfråga innan även det uppspolade liket skulle identifieras som en annan Israelsson."

"Kanske det är nu vi börjar gå in på motivet. Om vad som skedde här för 20 år sedan och vad som skedde i Tallinn."

Stefan tittade ut mot den kyliga höstmorgonen. Såg jag en tår i hans ögonvrå? Samvetskval? Minnen? Eller var det lättnad? Att han äntligen skulle få lätta på den börda som hans dubbelliv hade fört med sig under 20 års tid?

"Och det är här jag har den främsta frågan av alla", fortsatte jag utan nåd. "Är du Petrus Israelsson eller är du Noak Israelsson? Vilkendera du än är så är det uppspolade liket den andra unga Israelsson."

*

Stefan Rundberg tittade på gökuret och konstaterade att det var gott om tid kvar tills jag skulle ta kontakt med polisen.

Jag tittade på honom som om han var en ny bekantskap. Inte en vän, som jag hade känt i fem års tid. Jag ville förstå honom. Jag ville att det skulle finnas en godtagbar förklaring till allt som hade dragits upp till ytan. Att han skulle finnas kvar i mitt liv även efter en timme.

"Jag är Stefan Rundberg", sade han med en trött röst. "Tro det eller ej."

"Jag tror att det är ditt riktiga namn. Men när du blev Simons och hans hustrus fosterson fick du namnet Petrus Israelsson. Eller var det Noak Israelsson?"

"Jag är Petrus Israelsson", mumlade Stefan. Han tittade ut genom fönstret som om han drog fram ett namn som han inte hade uttalat under en lång, lång tid.

"Den äldre brodern", sade jag entusiastiskt. "Så det är Noak som är död."

"Ja, min bror är död", viskade Stefan.

"Var även han en fosterson till Israelssons?"

"Nej, han föddes som deras biologiska son drygt ett år efter att de hade accepterat mig till sin familj. De hade gett upp hoppet om ett biologiskt barn, men så fort de hade gett mig ett hem, belönades de med ett eget barn."

"Var du avundsjuk på Noak? Fick han mera uppmärksamhet än fostersonen? Än du?"

"Jag skulle inte påstå det", svarade Stefan med en röst som inte lät trovärdig. "Jag var en helt vanlig storebror, som ville skydda sin familj. Jag intresserade mig för självförsvar och kampsport. Det var säkert fröet till mitt polisyrke."

"Er mamma dog tidigt och huset blev fullt med män. Även farfar bodde i ert hus vid stranden."

"Farfar blev speciellt viktig för mig. När pappa sörjde sin hustru, blev Noak hans favorit. Den riktiga sonen. Men farfar förstod mig. Han hade själv blivit omhändertagen av Bromarfborna när han flytt till kyrkbyn från Dragsviks fångläger. Farfar ville att jag skulle behandlas lika väl som han hade blivit behandlad. Han skyddade mig."

"Men även gamle Israelsson dog och många år senare firade en hel skolklass sin avslutning på Furutorps simstrand."

"Jag hade gått ut skolan ett år tidigare och hade just kommit ut från armén. Det var lillebrors tur att fira avslutning. Festligheten var likadan som under alla tidigare år. Unga drack öl, åkte mopeder eller körde begagnade bilar. Träffade brudar. Skröt och skränade. Väntade förväntansfullt på den kommande sommaren och det bekymmerslösa, skolfria livet som väntade efteråt. Jag söp med dem en stund och åkte sedan hem."

"Och några timmar senare kom även Noak hem ensam."

"Han var grälsjuk. Och han visste vad som retade mig."

"Ett av samtalsämnena och föremålen för era eviga tvister var er farfar."

"Jag kunde inte tåla att Noak förnedrade vår döda farfars ära genom att kalla honom för en förrymd brottsling. Hans uttalanden gjorde de illasinnade ryktena allt värre."

"Under den tiden hade ryktena blossat upp igen. Att er farfar egentligen varit en simpel, förrymd fånge som hade slagit sig ned i Bromarf och roffat åt sig av de lokalas fiskeplatser."

"Noak var avundsjuk för att farfar hade stått på god fot med mig. Han lät mig gärna höra att farfars åsikter inte hade samma tyngd som hederliga medborgares synpunkter. Och så överskred han en gräns som jag inte klarade av. Jag ville helt enkelt att han skulle hålla käften. Och han löd mig inte."

"Så du tystade honom?"

"Jag sparkade honom med en kampsportrörelse. Hårt. Och han föll baklänges och slog huvudet mot en sten. Han dog omedelbart. Utan att jag hade menat det och utan att jag hade kunnat göra något åt det."

Stefan Rundberg, alias Petrus Israelsson, tittade mig rakt i ögonen som om han mätte min förmåga att tolka hans påstående. Om jag trodde på hans ord eller inte.

"Det var ett överdrivet hårt slag som inte kunde rättas till", sade jag. "Din ånger fick det inte ogjort."

Stefans blick såg härjad ut. Han hade burit på sin skuld i två årtionden. Han hade lärt sig att leva med sin hemlighet. Men hur? Och vad hade åren fört med sig? Ännu flera misstag? Jag visste att historien var långt ifrån över ännu.

"Det är fel att kalla det för ett misstag. Det är vårt ansvar att tygla vårt temperament så att inget vredesutbrott får oss att göra något så oåterkalleligt som en spark eller ett slag. Det finns ingen förståelse för mig."

Stefans självrannsakan lät falsk, för jag visste att det fanns ännu ett mord.

"Ditt följande beslut var att hemlighålla Noaks död."

"Även det var en sorts impuls. Jag lämpade hans kropp i en säck med hans finkläder och allt. Dessutom slängde jag den blodiga stenen i vattnet. Säcken var tung men jag orkade lyfta den till roddbåten. Och så, mitt i juninatten, rodde jag längs stranden och vid en rätt så öde plats lämpade jag kroppen i havet. Och där vilade den i 20 år."

"Du återvände hem och så kom din pappa Simon in i bilden."

"Han återvände hem från en kvällstillställning någonstans och jag berättade för honom att Noak inte längre fanns."

Stefans röst darrade lite och jag förstod att det hade varit en förskräcklig situation. Att berätta för sin far att den biologiska sonen hade dödats av sin fosterbror.

"Simon måste ha blivit chockad." Jag försökte låta empatisk utan att förstå vidden av hur hemskt det måste ha varit.

"Han samlade sig", svarade Stefan kort. "Han förstod att en son var utom all hjälp och att den andra sonen snart skulle vara bortom all nåd. Om han inte ställde upp för mig skulle han förlora mig också. Bara för att jag hade begått ett förskräckligt misstag på grund av en olycklig impuls."

"Och så beslöt ni er för att hemlighålla Noaks död. Och tiden råkade vara på er sida."

"Alldeles. Vi förstod att det inte skulle väcka några akuta frågor om både Noak och jag försvann från trakten utan att återvända. För efter skolavslutningen försvinner alla någonstans för att studera. Det enda som krävdes var att Simon vid jämna mellanrum bekräftade för byborna att sönerna studerade och mådde bra. Med tiden glömdes bröderna Israelsson bort och även deras utseende falnade från klasskamraternas minne."

"Så du åkte till polisskolan och besökte inte Bromarf längre?"

"Stämmer, och min fosterpappa flyttade också snart iväg. Till Tallinn. Snart glömde Bromarf bort att det hade funnits en släkt vid namn Israelsson i trakten."

"Alla utom Synnöve Fredenström, som behöll kontakten med Simon Israelsson till Tallinn."

"Precis, men det visste jag inte då."

"Okay, men om vi går lite tillbaka i tiden. Eftersom ditt officiella namn var Stefan Rundberg, skrev du in dig med det namnet i polisskolan? Och Petrus Israelssons existens föll i glömskan i samma takt som Noak Israelssons fortsatta öden? Noak som inte upplevde några nya öden längre."

"Ja. Mitt officiella namn hade ju varit Stefan Rundberg hela tiden även om släkten och alla mina vänner i Bromarf hade kallat mig för Petrus. Min biologiska mamma hade jag ingen kontakt med. Hon bodde visst i Kimito och det är allt jag vet om henne."

"Den lokala hälsocentralen måste väl ha haft dina officiella papper med namnet Rundberg?"

"Det vet jag faktiskt inte. Jag behövde aldrig någon hälsovård, och inte Noak heller. Vi använde inte tandvård heller så våra tänder fotograferades inte. Min första hälsovård var i armén under namnet Rundberg, och likaså i polisskolan."

"Så du behövde inte vara orolig för att det uppspolade likets tänder skulle identifieras. Men hur får vi ihop det med Noaks DNA-analys?"

"Noak var Simons biologiska son och hans DNA är helt annorlunda än mitt DNA. Ju mera man skulle forska i likets DNA, desto längre skulle spåren gå bort från mig. Så det gynnade mig faktiskt. Och DNA-spåren till Tavastehus-regionen bekräftade att farfar var en röd krigsfånge från Tavastland. Jag vet inte vad han hette innan han flydde från Dragsvik. Bara att han tog namnet Israelsson i Bromarf och att Noak bar hans biologiska DNA. Trots att jag inte var av deras kött och blod, älskade farfar mig som sin egen ätt."

"Men i skolan visste lärarna att ditt riktiga namn var Stefan Rundberg och inte Petrus Israelsson."

"Läraren Bror Sällström visste att jag egentligen hette Stefan. I början hade han svårt att vänja sig vid att jag ville kallas för något annat än det som de officiella handlingarna sade. Därför sade han först av misstag St som i Stefan innan han snabbt ändrade det påbörjade namnet till Petrus."

"Nu minns jag", flämtade jag. "Bror Sällströms svägerska sade att du kallades för Spetrus i skolan. Så det var för att läraren började med Stefan men avslutade med Petrus mitt i uttalandet av namnet. Det var inte för att du var Sankt Petrus, vilket alla tycktes tro. Istället var det för att du av misstag tänkte bli kallad för Stefan, vilket lärarna visste att du inte ville bli kallad."

"Ja, det är historien bakom mitt hybridnamn Spetrus", sade Stefan och tittade på klockan igen.

"Kanske vi borde gå över till Simon", sade jag försiktigt. "Han flyttade alltså till Tallinn. Det var inte bara en flykt från Bromarf utan också en gammal dröm som han ville uppfylla. Drömmen om att bo i det land, vars avhoppare han hade bekantat sig med som liten i Bromarf."

"Alldeles", sade Stefan med en bitter röst. "Och till det behövde han pengar. Han krävde att jag skulle börja betala en månatlig avgift åt honom för att han skulle hålla tyst om vad som hade hänt med hans son."

"Han utövade utpressning gentemot sin egen fosterson", sade jag med en grimas.

"Det kan man säga. Men det gjorde mig ingenting. Det var inte fråga om några astronomiska summor utan jag fungerade helt enkelt som en sponsor för honom. Jag hade trots allt berövat honom hans son. Och det kändes lite som att sona ett brott, då jag fick betala pengar åt honom."

"I 20 års tid har du betalat honom pengar som penningtransaktioner till hans konto varje månad?"

"Ja, det stämmer."

"Och din hustru har inte märkt någonting?"

"Nej. Som sagt, det var inte fråga om några stora summor även om de hjälpte honom i hans tillvaro i Estland."

"Visste du att han tog nya fostersöner i Estland? Och att även de

180

betalade honom pengar som tonåringar för att de hade blivit omhändertagna av honom?"

"Jag fick veta det när barnen var i 10-årsåldern. Så Simon fick pengar från olika håll för att han skulle leva och må bra i Tallinn. Och jag har förstått att de gärna betalade åt honom. De var tacksamma för det han hade gjort för dem. Precis som jag var. Mina betalningar åt honom var inte unika. Men under de 20 åren besökte jag honom aldrig i Tallinn."

"Inte förrän i förrgår", sade jag bistert. "Och då besökte du honom med besked. Det skulle inte bli ett nytt besök efter det. Det hade du bestämt."

"Gubben hade märkt att hans nya fostersöner inte betalade honom något längre. De hade flyttat ut och blivit självständiga. För att behålla sin livsstil behövde han alltså pengar från ett annat håll och då vände han sig till mig. Han krävde mera pengar av mig för att inte berätta om händelserna i Bromarf 20 år tidigare. Han hade blivit girig."

"Synnöve Fredenström hade ringt upp honom och berättat att ett lik hade flutit upp. Dessutom berättade hon att du hade dykt upp, en polis som hon identifierade som Petrus Israelsson. När hon berättade om de två händelserna visste hon inte att de hade en koppling, men Simon såg att hans tillfälle hade kommit. Han kontaktade dig och sade att liket var en så het potatis att du borde betala honom en större summa pengar. Och du nekade."

"Och lyckligtvis var jag på plats när du sedan fick Simons samtal i

Bromarfs bibliotek. Jag förstod att Simon tänkte berätta sanningen åt dig i Tallinn. Han tänkte slänga mig i fängelse efter alla dessa år bara för att jag inte ville betala honom det som han krävde. Det var dags att göra slut på utpressningen."

"Du kollade färjornas tidtabeller och upptäckte att du skulle hinna med sista färjan från Helsingfors till Tallinn samma kväll. Och att du därmed skulle hinna ta hand om din fosterfar innan jag anlände följande morgon."

"Jag köpte biljetten under falskt namn och klädde mig döljande för att färjans och terminalens kameror inte skulle fånga upp mitt ansikte. När jag knackade på hans dörr sent på kvällen, blev gubben verkligen förvånad, men han släppte in mig. Kanske han trodde att jag skulle betala honom pengar trots allt."

"Ströp du honom genast på kvällen och väntade bredvid liket hela natten?" Mina ord lät gälla. "Eller övernattade du hos honom och ströp honom först på morgonen?"

Stefan Rundberg tittade omkring sig som om han trodde att det fanns mikrofoner i Synnöves hem.

"Gör det någon skillnad?" frågade han. "På morgonen såg jag dig i terminalen, när du anlände. Jag åkte iväg med samma färja som du hade kommit med."

Visst gjorde det någon skillnad. Om han övernattade i samma rum som ett lik, verkade han lite mentalt rubbad, men om han tillbringade natten hos sin fosterfar bara för att mörda honom på morgonen, verkade han beräknande och kallblodig. Jag beslöt mig för att inte gå in på det farliga samtalsämnet.

"Och du gjorde dig av med Simons mobiltelefon, för det fanns samtalsloggar i den som kunde spåras till dig."

"Loggarna finns tillgängliga även om den fysiska mobiltelefonen inte finns kvar. Jag måste åtgärda det problemet senare. Kanske det går att få loggarna att "försvinna spårlöst" utan att det blir spår till mig?"

"Och nu?" frågade jag hätskt. "Du ville eliminera Simon, som kunde avslöja dig. Du kom hit för att eliminera Synnöve, som ovetande hade kommit nära sanningen om dig. Även jag är ett nytt hot mot dig. När skall allt detta ta slut, Stefan? Petrus? Eller borde jag kalla dig för Judas efter all den vänskap som vi har odlat i fem års tid?"

Stefan skruvade på sig. Hans panna hade börjat glänsa av värmen. Han hade fortfarande inte tagit av sig sin höstrock. Eller fick den svåra situationen honom att svettas?

"I 20 års tid har jag byggt upp ett behagligt liv i Västnyland. Jag har hus och fru. Kan du tänka dig, Jonas? Jag, en praktiskt taget föräldralös liten pojke, fick ett nytt liv i Bromarf. Precis som farfar. Och igen en gång som polis i Ekenäs. Jag kan inte avstå från det livet nu när jag har fått det."

"Men ditt livs grundstenar kommer onekligen att förändras när du står till svars för dina dåd", sade jag försiktigt.

"Jag skulle hamna i fängelse och jag skulle inte kunna arbeta som polis längre. Jag skulle förlora hustru och hem."

Stefan Rundberg reste sig från fåtöljen så plötsligt att jag lutade mig bakåt av överraskning. Jag kände mig lite skrämd av honom. Jag hade känt till historien i stora drag redan innan vår diskussion hade börjat. Berättelsen hade dock fått kött på benen när vissa små frågetecken hade rätats ut. Men först nu började jag inse vidden av det hela. Och hur skrämmande Stefan plötsligt verkade.

De två dödsfallen var verkligen helt olika. Nu när jag funderade på dem, insåg jag att jag hade betraktat Stefans skuld till det hela främst utgående från Noak Israelssons död. Noak hade dött på grund av ett misstag, ett felbedömt slag, eller ett oåterkalleligt dåd som inte hade varit överlagt. Jag hade sett Stefan och hans skuldbörda som en nästan lika stor tragedi som den han hade åsamkat.

Men mordet på Simon Israelsson var helt annorlunda. Det var överlagt och planerat. Stefan hade haft miljoner möjligheter att inte utföra det planerade dådet, men han hade ändå gjort det. Under hela färjeresan till Tallinn och under hela promenaden genom Tallinns gamla stad till Simons lägenhet hade Stefan kunnat dra sina mordplaner tillbaka. Men han hade ändå utfört det. Och det berättade om en annan Stefan Rundberg än den jag hade lärt känna. Och om en annan Stefan än den Petrus Israelsson som av ett olyckligt misstag hade dräpt sin bror.

Hade den tunga hemligheten förändrat Petrus/ Stefan under de 20 år som han hade fått bära på sin börda? Hade han blivit kallblodig, någon som inte drog sig för att begå svåra brott för att dölja sin hemlighet?

Något hade hänt. Men vad? Hade han blivit ond?

"Du förstår inte hur det var att hålla allt inom mig, Jonas. Vem skulle jag ha kunnat tala med? Att varje dag vänta på att nyheterna skulle berätta om ett uppspolat lik. Och att det kanske skulle finnas något spår som ledde till mig. All denna oro fanns inom mig samtidigt som jag byggde upp ett liv som om sanningen aldrig skulle komma fram."

"Men du kunde väl inte tro att liket skulle finnas oupptäckt där på havsbottnen i all oändlighet?"

"Jag vet inte vad jag tänkte. Men när händelserna började trappas upp, kändes det ändå som om jag aldrig hade förberett mig för vad som skulle komma. Jag trodde att jag kanske skulle kunna dölja det ännu. Genom att sopa bort alla spår. På samma sätt som jag hade lyckats med att sopa bort spåren för 20 år sedan. Jag vet inte hur jag skall förklara det. Det ät som om någon annan än jag själv styr mig. Som om jag agerar först och tänker först efteråt. Jag vet, jag kom hit till Synnöves hem för att träffa henne. Och ja, jag hade tänkt sopa igen spåren, men jag hade inte riktigt tänkt genom saken. Hur det skulle ske och hur det skulle döljas."

"Du måste sätta stopp för det, Stefan. Allt kommer att kännas bättre sedan när det inte finns några hemligheter längre. Du kan bara konstatera att något har hänt och att vi siktar mot framtiden. Men först måste du naturligtvis stå till svars för det som du har gjort."

Stefan gick mot dörren och tittade på handtaget som om han väntade att det skulle vridas ned av sig självt. Att hans liv skulle ta ett steg någonstans utan att han behövde göra beslutet själv. Han vände sig tillbaka och kom till Synnöves vardagsrum, där jag fortfarande satt i hennes soffa.

Gökuret klämtade dramatiskt och Stefan tittade på mig med härjade ögon. Om han inte bestämde sig för vad han skulle göra med sitt liv, skulle jag bli tvungen att bestämma det för hans del. I varje fall väntade Nettan Larsson på mitt telefonsamtal och det var min plikt att ringa upp henne. Om jag inte gjorde det, skulle hon skicka in ett polisuppbåd utan att jag kunde göra något åt det. Hon visste fortfarande inte att hennes underordnade var den person som var föremål för mitt intresse i utredningen.

"Du har dräpt din fosterbror och du har mördat din fosterfar. Det är något som har hänt. Och du hade tänkt mörda Synnöve Fredenström. Det var något som skulle hända. Det är olika brottsbenämningar och du är medveten om skillnaden mellan dem. Men trots det tror jag inte att du är en ond människa, Stefan. En ond människa skulle inte känna samvetskval. Du kommer att kunna rena ditt samvete, Stefan. Och det är viktigare för dig än något annat just nu."

"Men du förstår inte, Jonas. Det är samvetskvalen som har gjort mig till den jag är just nu. Under 20 år har samvetskvalen fört mig till denna punkt, där jag har mördat min fosterfar på ett råbarkat sätt. Jag hade inte något alternativ om jag ville behålla det som jag har uppnått här i Västnyland."

"Jag är av annan åsikt. Samvetskvalen har gjort dig till en god polis, och de påminner dig om målen att vara en god människa. Men det är en ond sida som övertalade dig att hemlighållandet skyddar dig. Det är det onda som du lät övermanna dig när du beslöt dig för att envist och kallhamrat försöka hålla fast vid det som du har uppnått. Det är det onda som du måste kämpa mot för att kunna ta emot den goda försoning, som i varje fall väntar på dig just nu. Vad du än gör, är det bara en tidsfråga innan Andrus Rapp vid Tallinn-polisen och Nettan Larsson vid Raseborgs-polisen hittar ett spår till dig. Sedan är allt avslöjat i varje fall. Men du har nu makt att med din egen vilja sparka iväg det onda och låta försoningens process starta."

Som för att understryka vikten i det hela steg jag upp ur soffan så att jag skulle stå öga mot öga med min gamle polisvän. Utan att veta varför sträckte jag ut min hand. Ville jag att han skulle ta den så att han på ett symboliskt sätt lade sitt framtida liv i mina händer? Eller var det den där klichéartade scenen i tv-serier där en hotfull person förväntas lägga sitt vapen i hjältens händer och att den dramatiska situationen på det sättet skulle urarta sig?

Hans blick föll ned på min hand och han tittade upp igen som om han försökte tolka vad jag ville. Utan att släppa blicken från min, lät han sin hand gå till hölstret vid bröstkorgen, där hans polisrevolver fanns. Jag förväntade mig att jag i min hand skulle känna varmt stål i form av en pistol, som värmts upp av en tjock höstrock och en svettande polis. Inget stål kändes i min hand.

Stefan Rundbergs blick såg på något sätt livlös ut. Ändå tittade han rakt i mina ögon. Något hade hänt. Hans blick såg inte bekant ut längre. Det var inte samma gamla Stefan som jag hade umgåtts med i fem års tid redan. Där fanns något som jag inte hade sett tidigare.

Något som jag hade lärt mig att reda ut som privatdetektiv. Ondskan. Något som jag tydligen hade misslyckats med. Han hade gjort sitt val.

Stefans hand knyckte till utan att han blinkade.

Jag kände hur något kraftfullt träffade min mage. Jag flög bakåt som om jag hade fått änglavingar, men jag stoppades av Synnöve Fredenströms vägg och dalade ned mot golvet.

KAPITEL 14

Vitt. Jag ser bara vitt.

Äsch, det är bara en vit vägg. En bit högre upp ser jag en tavla som föreställer ett blomsterarrangemang. Jag sitter på ett golv med en vägg som mitt ryggstöd.

Även om jag förlorade medvetandet för några sekunder vet jag att jag slungades baklänges mot väggen och att jag gled ned på golvet. Fallet var så starkt att jag inte vet om det var slaget mot ryggen, som slog andan ur mig, eller om det var kulan i min mage.

Jag har blivit skjuten. Chocken av den förskräckliga sanningen förstenade mig för några sekunder och först nu vågar jag titta nedåt igen. Blod sipprar genom min skjorta och rinner ned över mina byxor och på golvet.

Ont. Det gör förskräckligt ont och varje rörelse gör det värre. Jag försöker sitta stilla, men då flyter en konstig bedövning över mig. Jag öppnar munnen för att försöka säga något, men även då dyker bedövningen över mig. Det blir allt svårare att andas.

Jag har ingen erfarenhet av det från tidigare, men något säger mig att jag håller på att dö.

Vitt. Jag ser bara vitt. Men en skugga rör sig fram och tillbaka över det vita och jag försöker fokusera min blick.

Det är en man som går fram och tillbaka framför mig.

Stefan Rundberg. Petrus Israelsson.

Ett minnesfragment kryper fram. Det är min polisvän som har skjutit mig i magen. Det blir ännu svårare att andas.

Stefan går fram och tillbaka. Han ser bestört ut. Han är svettig och han är vild i blicken.

Han ser ångerfull ut.

Jag lyfter min hand som för att kalla på honom.

"Nej, det får inte ha hänt", tjuter han. "Det kan inte vara sant. Jag menade det inte. Förlåt mig, Jonas!"

Jag är oförmögen att säga något. Stefans blick vandrar upp och ned över mig. Hans blick förändras från ånger till hopplöshet. Jag vet inte om blicken saknar hopp för mig eller om den saknar hopp för honom, gärningsmannen.

Plötsligt rusar han bort från vardagsrummet, där jag sitter. Det sista jag ser av honom är hans rygg och att han fortfarande har sin polisrevolver i sin hand.

Jag hör skrammel från köket. Synnöves kök. Jag hör ett skott. Ytterligare skrammel. Sedan blir allting tyst. Dödstyst. Ett gökur klämtar någonstans ovanför mig.

Jag vet att Stefan Rundberg har skjutit sig själv.

Ett konstigt rossel hörs och jag förstår att det är min egen röst. Eller mina andetag. Som blir allt svårare att stöta ut. Luften blir allt svårare att kippa in och jag försöker rulla åt sidan för att få en bättre ställning. Det lyckas inte och jag besvaras med allt svårare smärtor.

Jag tittar nedåt igen. Blodpölen över min mage och mellan mina ben blir allt större.

Mitt liv håller på att rinna ut.

Mitt huvud faller bakåt och jag tittar upp mot rummets tak. Det är vitmålat. Allt är vitt. Jag avskyr vitt.

Jag låter mitt huvud falla åt sidan istället och jag ser ut genom fönstret.

Något vitt rör sig utanför fönstret. Stora snöflingor! Den första snön håller på att dala ned över Bromarf. Jag avskyr snö och jag avskyr vitt. Är allt detta en bekräftelse på att jag borde ha dött redan för fem år sedan, i snön på Lillböles skogsväg? Jag ser inom mig ett skelett stå upp från en pöl av snöflingor. Skelettet av en snögubbe på Bromarfs gravgård.s

Anna. Anna Tschäder. Borde jag ha sett henne klädd i vitt?

Nu är det för sent. Jag ångrar att jag inte släppte henne närmare mig. Skulle allt ha blivit annorlunda om jag hade vågat öppna mig tidigare?

Jag ångrar ingenting annat. Livet har stundvis varit svårt, men behagligt och fyllt av härliga små vändningar. Jag vill tro att jag har fört med mig mera gott än ont till världen.

Jag tänker på mamma och pappa. Min syster Gitta och hennes familj. Mina barndomsvänner Hubertus och Peter samt mina vuxna vänner. Mina studier. Mitt arbete. Mina sysselsättningar och hobbyer. Mitt hem. På mina få detektivuppdrag under de senaste fem åren. Dem som jag har berättat om. Och dem som jag aldrig hann berätta om.

Och på Anna. Min stackars Anna.

Mitt liv.

Jag är fullbordad.

Och så blir allting vitt.

EPILOG

Detta har alltså hänt. Men vad händer härefter?

Ansiktet i spegeln framför mig ser främmande ut. Har jag förändrats så mycket att jag inte känner igen mig själv längre? Beror det på de rödgråtna ögonen? Spegelns smutsfläckar? Vem är jag?

Mitt namn har ingen betydelse. Mitt namn är bara en handskriven rad i en kyrkbok, en maskinskriven anteckning i en myndighets handlingar eller en krypterad fil i ett register. Det jag har gjort har någon betydelse. Eller det jag har låtit bli att göra.

Idag har jag begravt min pojkvän. Jag kommer att sakna honom. Överraskande många andra kommer att sakna honom också, för många deltog i hans begravning. Han skulle ha gillat det, för han trodde inte att han hade någon betydelse för någon.

Vad skall jag göra nu? Utan honom? Vad skulle han råda mig? Borde jag lära mig något av hans bortgång? Vad är hans arv till världen och den omgivning, där han redde ut så många arvstvister?

Det känns som om jag just har vaknat upp från en mardröm. Som de där nätterna, när man måste koncentrera sig för att komma underfund med vem man är och om man är någon annan än den man drömt om. Som de där uppvaknandena när det känns som om hela ens liv hittills har varit en god eller en illasint dröm, och att man egentligen är någon helt annan. Men det är nog en konstig tanke. Att vara medveten är en lika säker sanning som att jag är jag och att någon är någon. Och det som hittills har hänt är ingenting, som det lönar sig att frukta över. För framtiden är inte en mardröm. Om jag inte vill det.

Jag tittar omkring mig i hans lägenhet. Vad kommer att hända med den nu? Alla saker, alla lukter och allt påminner om honom. Och varför skulle det inte göra det, här i hans revir? Det är min uppgift att gå bort härifrån, och lämna honom bakom mig. Att gå vidare. Men vart?

Min pojkvän var en privatdetektiv. Han rätade ut frågetecken och han bekämpade ondskan. Borde jag göra lika? Det skulle vara något alldeles fantastiskt. Jag som en privatdetektiv! Vad det yrket än betyder, skulle jag ha en betydelse som brottsutredare. Det bevisades av alla de sörjande bekanta och alla de främmande ansiktena på begravningen.

Eller borde jag berätta om hans liv? Om den korta tid som vi tillbringade tillsammans? Skulle den historien vara lika inspirerande som de människoöden som han kom att påverka? Borde jag bli en författare?

Något omvälvande måste ske. Mitt liv måste få en ny riktning. Det måste ske för att hålla ondskan utanför. För något har hänt i historiens gång. Min pojkvän var Någon och Något med stort N. Och jag är Nästa.

195

196